KB114536

야우스

마도 시대의 시작
FUSION FANTASTIC STORY
강준현 장편소설

아우스 : 마도 시대의 시작 9

강준현 장편소설

초판 1쇄 찍은 날 § 2017년 12월 8일
초판 1쇄 펴낸 날 § 2017년 12월 15일

지은이 § 강준현
펴낸이 § 서경석

편집책임 § 이지연

펴낸곳 § 도서출판 청어람
등록번호 § 제387-1999-000006호
등록일자 § 1999. 5. 31
어람번호 § 제1-2809호

주소 § 경기도 부천시 부일로 483번길 40 서경B/D 3F (우) 14640
전화 § 032-656-4452 팩스 § 032-656-4453
http://www.chungeoram.com
E-mail § chungeorambook@daum.net

ISBN 979-11-04-91572-7 04810
ISBN 979-11-04-91321-1 (세트) ·

아우스

마도 시대의 시작

FUSION FANTASTIC STORY

강준현 장편소설

9

도서출판 청어람

아우스

Contents

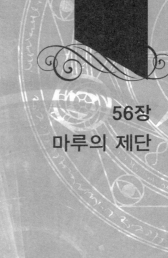

56장
마루의 제단

마을로 들어가기 전 복면과 상하의, 신발을 벗었다.

벗자마자 후끈한 더위와 매캐한 냄새가 코를 찔렀지만 몇 번이고 반복되다 보니 금세 익숙해졌다.

"이놈 물건이군."

"다다룽 님이 보시기에도 그렇습니까? 제가 보기에도 열 명 분은 족히 할 놈입니다."

전혀 달갑지 않은 평가다.

'유리처럼 다뤄야 하는 민감한 남자임을 척 보면 모르는가. 눈을 장식으로······!'

항변하려고 뒤돌아봤다가 깜짝 놀랐다.

나를 제외한 열 명의 노예는 당장 쓰러지기 일보 직전이었다.

"…아! 머리가 어지럽군요."

"쇼하지 말고 얼른 앞장서 걸어. 뭐 하던 놈인지 모르지만 지금까지 이곳에 처음 온 사람 중에 너처럼 쌩쌩한 놈은 처음이다."

"…겉으로만 멀쩡해 보이지 속은 엉망입니다. 세상이 흐릿하게 보입니다."

"나한테도 흐릿하게 보여. 지금 연기가 이쪽으로 불어올 시간이거든."

"……."

"열일하면 열 배의 보상을 받는 곳이 이곳이다. 천국이 될지 지옥이 될지는 네놈 하기에 따라 다르다."

성과급 제도에 따른 민주적인 광산이라는 얘긴가.

다 믿는 건 아니지만 일하는 보람은… 쩝! 정말이지 노예 근성이 몸에 뱄나 보다.

마을로 들어서자 초췌한 몰골의 노예들이 창문이라고 생각되는 구멍으로 우리를 바라보고 있었다.

불쌍하게 보는 건지 새로운 일꾼이 들어옴으로써 조금 편해지겠다는 생각으로 보는 건지 모르겠지만 열에 한둘을 제외하곤 하나같이 생기가 없었다.

돌로 대충 지어 만든 집들을 지나자 제법 그럴싸한 집들 몇 채가 나타났다. 그중 가장 좋고 중심에 있는 집 앞에 베룽이

섰다.

"모시고 나올 테니 흐트러진 모습 보이지 않게 교육시켜 두게."

다다룽이 집 안으로 들어가자 베룽이 낮게 으르렁거렸다.

"10분만 더 버티면 먹을거리와 쉴 장소가 주어질 것이다. 그러나 그 10분을 참지 못하고 허튼짓을 하면 아까 받은 고통은 아무것도 아님을 알게 될 것이다. 어떠한 질문도 없다. 대신 대답은 이곳이 떠나가라 외칠 수 있도록. 알겠나?"

"예!"

노예들은 마지막 남은 힘을 쥐어짜듯 대답했다.

1분쯤 긴장하고 서 있으니 문이 열렸다. 그리고 마치 말처럼 튼튼하게 생긴 여자와 다다룽이 걸어 나왔다.

목까지 오는 은백색의 짧은 머리로 얼굴을 절반쯤 가리고 있는 여자는 검은 피부와 머리색이 유독 대비를 이루어 독하고 강해 보였다.

여자는 계단 위에 서서 노예들을 슥 훑어봤다.

"11명? 노예 가격이 내린 거야?"

베룽이 얼른 대답했다.

"아닙니다. 누군가가 흘린 모양인데 주인이 없어 데리고 왔습니다."

"오호~ 얘기로만 듣던 그런 행운이. 부디 일을 할 때도 그런 일이 있길 바라야겠네."

"그럴 겁니다."

"데려오느라 수고했어. 흠! 길게 얘기하지 않겠다. 난 마루의 제단 광산주다. 명한 대로만 따라라. 그럼 너희들의 목숨을 절대로 함부로 하지 않을 것이다. 또한 만족스럽게 일하면 만족스럽게 대할 터이니 열심히 하도록."

"예! 알겠습니다."

"오늘은 충분한 음식을 제공할 테니 체력 관리에 만전을 기하도록 해. 이상."

여자는 더 이상 얘기해 봐야 입만 아프다는 듯 안으로 들어가 버렸다.

"잘해줬으니 오늘은 더 이상 말하지 않겠다. 따라와."

베룽은 공기구멍이 숭숭 뚫린 집으로 우리를 안내했다.

안으로 들어가자 물과 음식이 준비되어 있었다.

"먹고 화장실까지 다녀오는 시간, 30분 주겠다. 죽을 만큼 아프지 않는 이상 문을 여는 자는 잠을 자지 않아도 된다고 판단하고 일을 시킬 테다. 참고로 힘이 세다고 동료의 음식을 빼앗아 먹으면 나에게 힘자랑할 기회를 주겠다."

베룽이 나가자 11명의 노예는 잠시 서로의 눈치를 살피다가 식판 앞에 자리를 잡고 앉았다.

아무도 말하지 않고 오로지 먹는 것에만 집중했다.

'큭! 짜군.'

소금인지 음식인지 모를 말린 고기였다.

흘린 땀을 생각하면 반드시 먹어야 했다.

나는 얼른 그것을 털어 넣고 물을 한 바가지 마신 후 대충 자리를 잡고 누웠다. 그리고 하루 동안 일어난 일들을 돌이켜 보며 대책을 생각해 보았다.

'갑갑하군.'

마법을 쓸 수 없는데 대책이 있을 리가 없었다.

마나 제어 마법진이라면 뚫겠지만 지역의 특성인지 별다른 마나의 흐름 역시 발견하지 못했다.

이리저리 뒤척이다 잠이 들었다.

밤새 콜록거리는 기침 소리에 잠을 설쳤다.

매캐한 공기가 바람을 타고 집 안으로 들어올 때마다 10명의 노예는 기침을 했다.

새벽녘에 겨우 적응을 한 듯 보였지만 그땐 이미 자리에서 일어난 상태였다.

'여기서 운동을 하면 과연 건강에 좋을까, 나쁠까?'를 고민하다 밖으로 나갔다.

"…뭐냐?"

졸고 있던 베룽이 경첩 소리에 놀라 일어나며 물었다.

"화장실이 급해서요."

"갔다 와. 도망갈 생각 마라."

"도망갈 곳도 없잖습니까. 가봐야 10초도 버티지 못하고 죽을 텐데요."

"알면 됐다."

사방이 뜨거운 열기와 매캐한 가스로 가득한 이곳에서 탈출? 자살할 생각이 아니라면 대책이 생길 때까지 수긍하며 지내야 했다.

화장실은 섬의 언덕 아래쪽에 드문드문 있었는데 돌로 허리까지 쌓아올린 것이 다였다.

말라붙은 똥이 여기저기 묻어 있는 구멍에 맞춰 오줌을 눈후 주변을 둘러봤다.

죽음의 대지라더니 사방을 둘러봐도 비슷비슷한 풍경뿐이었다.

"야, 거기! 새로 온 놈 같은데 쓸데없는 짓 말고 들어가 잠이나 자. 며칠만 지나면 잠이 부족할 거다."

제법 말쑥하게 생긴 남자가 하품을 하며 다가왔다. 그는 화장실 한 곳에 들어가 바지를 벗고 주저앉았다.

친근하진 않았지만 악의가 없는 말에 말을 걸었다.

"잠이 깼는지 더 이상 안 옵니다. 근데 말씀하시는 걸 보면 오늘부터 일하는 게 아닌가 봅니다."

"끄응! …몸에 아무런 문신 마법도 새기지 않고 나가봐야 죽으라고 등 떠미는 꼴밖에 되지 않아. 문신을 새길 때까진 대기다."

"힘을 좋게 하고 몸을 차갑게 하는 마법 문신을 새기는 겁니까?"

"음, 마법에 대해 좀 아는 모양이다?"

흥미롭게 바라보는 그의 눈빛을 보고 뭐라고 대답할까 머리를 굴리다 대답했다.

"문신 마법을 어깨너머로 배운 적이 있습니다."

"오호! 그래? 끄응! 어디까지 배웠어?"

"겨우 하단전에 그리는 문신 정도만 알 뿐입니다. 정식으로 배운 것도 아니고 한 달 정도 곁눈질로 봤을 뿐입니다."

"한 달 곁눈질로 하단전 문신을 외웠다? 눈썰미가 제법이네."

"하하! 어쩌다 보니 제가 노예 처지가 되었지만 머리가 제법 됩니다."

"재미있는 놈이네. 이름이 뭐냐?"

"아우스입니다."

"칸켈 북쪽의 왕국에서 흘러들어 온 모양이네. 난 카둥이다."

"뵙게 돼서 영광입니다, 카둥 님."

"큭큭큭! 화장실에서 똥 누면서 듣기에 너무 예의 바른 인사구나. 아무튼 반갑다. 이만 가라. 사내놈한테 엉덩이 보여주기 싫다."

"네, 그럼."

일단 친해지자는 생각에서 행한 카둥과의 짧은 인사는 좋은 기회가 되어 돌아왔다.

아침을 배부르게 먹고 나자 베룽은 문신을 해야 한다며 문신사가 있는 곳으로 데려갔다.

"기본 문신을 다 새길 때까진 일은 나가지 않을 거다. 다만 전사들이 시키는 일이 있으면 즉각 움직일 수 있도록 한다. 알겠나?"

"예!"

베룽은 작업반장인지라 기존에 있던 노예들을 데리고 일하러 갔고 우린 전사의 감시를 받으며 문신사의 집 앞에서 대기했다.

문신사의 집 문이 열렸다.

"어! 카둥 님!"

난 알은척했다.

"오! 아우스. 안 그래도 널 찾으려고 했는데."

"절 무슨 연유로?"

"일 좀 도와줘야겠다. 대신 네 문신은 맨 마지막에 해주마."

손해 볼 것 없는 제안이다. 또한 명령만 해도 따라야 할 상황인데 부탁조로 얘기를 하니 기분도 좋다.

"도움이 될지 모르지만 그러겠습니다."

"좋다. 일단 한 명을 데리고 와 하단전 부분을 깨끗하게 닦아두도록 해라. 그동안 난 약물을 만드마."

"네."

난 한 명을 데리고 와 침대에 눕힌 다음, 걸레 같은 수건으로 그의 아랫배 부분을 깨끗하게 닦았다. 그리고 털 역시 깨끗하게 제거했다.

"…이, 이거 위험하지 않소?"

노예가 걱정이 되는 듯 물었다.

"힘도 세지고 더위에도 강하게 될 테니 건강에 좋을 겁니다."

"그, 그렇군요."

배를 닦고 마하트의 문신사가 문신을 할 때 했던 행동을 떠올리며 의자와 물건들을 옆에다가 옮겨 놨다.

"빠릿빠릿하니 좋군. 말하지 않아도 털까지 밀어놓다니 아주 좋아!"

약물을 만들어 나오던 카둥은 준비가 다 되어 있는 걸 보곤 흐뭇하게 웃었다.

"일단 내가 하는 걸 지켜봐라. 보고 네가 기억하고 있는 것과 어떤 게 다른지 얘기해 보자."

"네, 카둥 님."

카둥은 일단 노예의 몸을 몇 군데 만져봤다.

"마나의 기운이 약해져 있긴 한데 시술하는 데는 무리가 없겠다."

"시술을 하는 데 마나의 기운이 필요한가 보군요?"

"그렇지. 문신 마법이 그려지면서 피시술자의 마나를 끌어다 쓰거든. 근데 이러는 모습은 처음 보냐?"

"네. 제가 모셨던 문신사 양반은 그냥 척척 해버리더라고요."

"보는 것만으로도 기력을 파악했다면 네가 모셨다는 사람은 꽤 실력이 출중한 자였나 보다."

"꽤 유명하긴 했죠."

얘기를 하면서 카둥은 시술을 시작했다.

'시작점은 같구나.'

배꼽에서 한 손가락 아랫부분에 바늘을 꽂는 것으로 시작했다.

마나의 힘을 끌어내는 최초의 지점으로 어느 위치에 꽂느냐에 따라 효율이 달라진다고 문신사의 책에 나와 있었다. 문신사는 이러한 과정을 '우물 뚫기'라고 적어놓았다.

난 눈으로 보면서 마보세로도 살피고 있었다.

'아! 마나가 일어난다.'

정말 우물에 물이 고이기 시작하듯이 시작점에서 파랗게 마나가 올라왔다.

푹푹푹푹!

둥그스름한 길이 만들어졌다. 그리고 다시 한 지점에서 멈추고 우물을 뚫는다.

카둥은 총 4개의 우물을 뚫고는 원을 만들었다.

'문신이 늘어남에 총 아홉 개의 구멍을 뚫는다고 되어 있었지. 저 원이 바로 단전이나 다름없구나.'

무작정 많이 뚫는다고 좋은 게 아니었다. 마른 바닥에 구멍을 뚫으면 땅이 무너지듯이 사람 역시 마나가 고갈되어 죽는다.

마하트의 문신사에 비하면 카등의 실력은 한참 부족했다. 그러나 그 부족함에서 더 많은 것을 배우고 있는 중이었다.

"다음 사람을 준비해라."

"예."

거의 마무리되어 가자 카등은 흐르는 땀을 닦으며 말했다.

다음 노예를 준비할 때쯤 카등은 첫 번째 노예의 문신을 마쳤다.

"내일 다른 부분을 해야 하니 오늘은 잘 먹고 잘 쉴 수 있도록 해라."

"…네네."

문신을 마친 노예는 꽤 아픈 모양이다. 하긴, 생살을 바늘 뭉치로 찔러댔으니 멀쩡한 게 이상할 터.

두 번째, 세 번째, 네 번째 사람을 마쳤을 때 점심시간이 되었다.

동일한 작업의 반복이었지만 마보세를 이용해 보다 보니 지루한 감은 없었다.

함께 일한다고 같이 점심을 먹게 되었다.

"문신 마법이라는 거 참 재미있군요."

"재미있지. 근데 반복하다 보면 재미는커녕 피곤만 하다. 게다가 이곳에 묶여 있으니 발전도 거의 없고. 얼른 중단전 문신도 배워야 하는데……."

아공간 가방 속의 책이 생각났다. 그러나 다 외운 다음에야

모를까, 오늘 처음 만난 이에게 성급하게 줄 이유는 없었다.

'한번 거래를 해볼까?'

물론 마음속의 거래였다.

내가 문신술을 배우고 싶다고 말하고 그가 받아들인다면 책을 외운 후 그에게 줄 생각이다.

"저… 카둥 님."

"왜?"

"혹시 저도 문신 마법을 배울 수 있을까요?"

"글쎄다. 가르쳐 주는 거야 어렵지 않은데……. 문제는 넌 일을 해야 한다는 거다."

"일이야 당연히 해야죠. 일이 끝났을 때 시간이 되시면 조금씩 가르쳐 주셔도 됩니다. 어차피 이곳에서야 딱히 할 일도 없잖습니까?"

"음……."

카둥의 고민은 길어졌다.

뭔가 계산을 하는 듯했는데 나쁜 생각을 하는 것 같진 않았다. 아마 내게 문신술을 가르치면 이곳을 벗어날 수 있지 않을까 생각하는 듯 보였다.

"그러자. 생각해 보면 나도 딱히 밤에 할 일이 없네."

"감사합니다, 카둥 님!"

탈출을 위한 첫 단추가 끼워졌다.

*　　　*　　　*

"이 사람은 네가 해봐라."

카둥은 빠른 생각만큼 빠른 행동을 보여주었다.

점심을 먹고 난 뒤, 그는 두 노예를 침대에 눕히더니 나에게 한 명을 맡겼다.

"네엣?"

내가 아닌 누워 있던 노예가 놀람을 뱉어냈다. 카둥은 그의 놀람을 깔끔하게 무시했다.

"실패해도 괜찮아. 약간의 고통이 있겠지만 다시 그리면 되니까. 정 미안하면 나중에 이 사람 대신에 일 한번 해줘."

기회가 왔는데 망설일 이유는 없었다.

"자, 잘할 수 있겠소?"

"걱정 마세요. 제가 그림엔 일가견이 있으니까요."

노예는 미덥지 않은 표정이었지만 그가 할 수 있는 일은 인상을 쓰는 것뿐이었다.

카둥은 여분의 바늘과 약물을 건네줬다.

"마나홀 만들기는 쉽지 않을 거다. 일단은 길만 잘 새긴다고 생각해라."

그가 말하는 마나홀 만들기가 우물 뚫기였다.

"네. 그럼 시작하겠습니다."

바늘의 낡은 천 부분을 잡고 마나의 기운이 담긴 약물을 찍었다. 그리고 주저 없이 노예의 배꼽 아랫부분을 찔렀다.

우물을 만들겠다고 생각하는 순간 몸속의 마나가 움직여 손으로 움직였고, 바늘을 통해 빠져나갔다. 그러나 그 순간 마나가 사라졌다.

'하아, 빌어먹을!'

가만히 꽂고 몇 번을 시도해 봐도 마찬가지.

스스로 마나를 쓸 수 있기 전까진 문신 마법을 새길 수 없다는 말과 똑같았다.

안 되는 것에 계속 몸속의 마나를 낭비하는 건 바보짓이었다.

우물을 뚫는 것은 포기를 하고 배꼽을 중심으로 원을 새겨 넣었다.

훨씬 복잡한 마법진도 순식간에 그려 넣는데 그저 문신을 새기는 건 껌이었다.

"허어~ 무슨 속도가……."

"제가 마나가 없어서 마나홀은 만들지 못했습니다."

"그야 내가 해도 돼. 잠깐 살펴보지."

길을 만드는 건 그냥 원을 그리는 게 아니다. 배 나온 사람, 마른 사람, 키에 따라 조금씩 달라진다. 즉, 마나홀을 만드는 것만큼 원을 만드는 것 역시 어려운 일이었다.

한데 순식간에 해내니 놀랄 수밖에.

"음, 기가 막히게 잘했군. 수십 년을 새긴 내 사부처럼 새길 줄이야. 아우스, 너 타고난 문신사인 모양이다."

마법진을 십여 년 새기긴 했다.

"어릴 때 마법진 공장에서 일한 것이 도움이 됐나 봅니다."

"마법진 새기는 것과 비슷하긴 하지만 약물이 스며들게 찌르는 것은 쉬운 일이 아냐. 나보다 오히려 나아. 타고난 눈썰미와 손재주를 지녔어."

질투심이라도 보일 줄 알았는데 그는 정말 순수하게 칭찬을 했다.

"하하! 칭찬을 해주시니 몸 둘 바를 모르겠습니다."

"이 사람의 마나홀은 내가 만들 테니 넌 저 사람의 길을 만들어주게."

"알겠습니다."

"다 하면 나머지 사람들도 네가 길을 새겨주게. 이거 오늘 생각보다 빨리 끝나겠군."

"그럼 다른 것도 새기실 겁니까?"

"아니. 사실 마나홀 만드는 것도 힘들어. 내 마나가 무한한 것도 아니잖아. 그리고 시술받은 사람들도 처음엔 체력적으로 부담이 돼."

"저 그럼 혹시……."

"왜? 네 몸에 실험이라도 해보려고?"

딱 걸렸다.

"네가 여기 늦게까지 머무는 건 전사들에게 말해줄 수 있다. 다만 몸에 손대는 건 안 된다. 어설프게 손대면 나중에 문제가 생길 수 있다."

처음으로 그의 표정이 굳었다.

'과거의 경험이 있는 건가?'

난 다르다고 말해주고 싶지만 그러려면 쓸데없는 얘기까지 해야 했다.

오늘은 여기까지. 카둥이 너무 오냐오냐해 줘서 잠시 내 처지를 망각했다.

"제가 마음이 급했습니다."

"그래. 내가 보기엔 넌 타고난 문신사다. 서두르지 말고 천천히 하다 보면 좋은 기회가 생길 거다. 혹시 알아, 이곳 죽음의 대지에 있는 상단전까지 그릴 수 있는 문신사가 될지."

"바라던 바를 하게 되어 호기심을 억누르지 못했는데 말씀 깊이 새기겠습니다."

"하하! 그렇다고 의기소침하진 말고. 일단 다 끝내고 좀 더 생각해 보자."

그가 생각해 보겠다는 게 뭔지는 10명의 문신을 새긴 후에 야 알 수 있었다.

"자! 3서클까지 문신 마법에 관한 책이다."

"아니, 이걸 저에게……."

감격하는 연기를 더하긴 했지만 실제로 카둥에 대해서 고마움을 느꼈다.

"기초 없는 호기심보다 무서운 독은 없다. 경비에겐 말해놓

왔으니 일하러 나가기 전까진 여기에 머물러도 좋다."

"정말 감사합니다, 카둥 님."

"그리고 정 해보고 싶으면 네 배에 길만 만들어놓아라. 그럼 내가 마나홀은 만들어주마."

약물과 바늘까지 주곤 그는 피곤하다며 자신의 방으로 가버렸다.

'이 은혜는 절대 잊지 않을게, 카둥.'

그가 잘해주는 이유는 정확히 알 수 없지만 원한을 10배로 갚아주듯 은혜 또한 갚아주는 게 도리였다.

'확실히 비싼 가격은 하는구나.'

마하트의 문신사의 수준이 훨씬 높았다.

이해는 잘 때 하면 되었기에 일단 외우는 것에 집중했다. 예전에도 놀랄 만큼 좋았던 머리가 8서클이 되면서 더욱 좋아졌다.

슥슥 훑어보는 것만으로 머릿속에 속속 저장된다.

카둥이 준 책을 다 기억하고 내친김에 노인의 문신 마법 책을 꺼내 머릿속에 저장시켰다.

한데 절반쯤 외웠을 때 갑자기 문이 벌컥 열렸다.

문의 손잡이가 돌아가는 순간 얼른 책을 넣지 않았으면 들켰을 것이다.

후다닥거리는 소리까지 없앨 수 없었기에 일부러 의자를 뒤로 넘기며 일어섰다.

깜짝 놀라는 모습 그 자체였다.

들어온 이는 광산주였다.

그녀는 소란스러움에 인상을 살짝 찌푸렸다. 나는 얼른 고개를 숙였다.

"…죄, 죄송합니다."

"뭐가? 뭘 훔치기라도 했나?"

"아, 아닙니다. 다만……."

"변명은 필요 없다. 너에 대해선 이미 보고를 받았으니까. 카둥은 어딜 갔지?"

"쉰다고 안에 들어갔습니다."

"알았다. 넌 이만 숙소로 가보아라."

"예!"

바늘과 약물을 챙겨 밖으로 나왔지만 별다른 말이 없었다.

*　　　　*　　　　*

"오늘은 몸에 냉기를 돌게 하는 마법 문신을 새기게 될 거야. 보통 이틀 걸렸는데 네가 있으니 하루면 충분할 것 같아."

이틀째는 차가운 기운을 활성화하는 문신 차례였다.

"참! 어제 문신 했어?"

"예. 근데 활성화가 안 되더라고요."

어제 숙소로 가서 문신을 했다.

혹시 몸 안에 마나가 가득하니까 가능하지 않을까 했는데 실패했다.

"걱정 마. 팔까지 가는 문신을 하면 활성화할 수 있으니까. 단! 마나가 없는 상태에서 여기저기 활성화를 하면 너의 생명력까지 갉아먹을 수 있으니까 절대로 조심해야 해."

"명심하겠습니다."

"네 문신을 보는 건 저녁에 하기로 하고, 첫 번째 사람 불러와라. 일단 하는 방법은 알아야 하지 않겠냐."

첫 번째 노예의 몸에 문신을 하며 그는 꼼꼼하게 설명했다.

"중간중간에 자극 포인트가 있다. 이건 문신사마다 조금씩 다르긴 하지만 힘을 증폭시키기 위한 곳이라 생각하면 될 거다. 특히 주요 자극 포인트가 있는데 여긴 정말 조심해서 다뤄야 하는 곳이다."

자극 포인트.

어제 숙소로 돌아가 머릿속에서 책을 꺼내 보면서 가장 놀란 부분이 바로 자극 포인트였다.

자극 포인트는 과거 기생체가 나무처럼 되었을 때 가지 끝이 가리키고 있던 부분이었다. 또한 주요 자극 포인트라고 되어 있던 곳이 공교롭게도 날 마스터로 만들어줬던 몸속의 대회전과 관련이 있었다.

'이계의 지식으론 혈 자리.'

과거의 지식과 책에 그려져 있는 자극 포인트, 그리고 이계의 지식, 이 세 개가 합쳐지면서 난 인체에 대한 새로운 그림을 그릴 수 있게 되었다.

물론 현재의 마법 문신보다 더 효율적인 것이 없을까 하는 생각이 들긴 했지만 아직 기지도 못했는데 날 수는 없었다.

"이해됐어?"

"네. 됐습니다."

"할 수 있겠어?"

"활성화시키는 것도 아니고 그냥 새기는 건데 문제없습니다."

"그래, 한번 해봐."

하단전에서 등 뒤로 가서 수(水)의 기질이 강한 자극 포인트와 주요 자극 포인트를 자극해 차가운 기운을 왕성하게 만드는 것이 이번 문신의 핵심이었다.

30분도 안 돼서 한 명이 끝났다.

"정말 무시무시하구나. 완벽하네. 생각보다 더 빨리 끝나겠다. 그럼 계속해."

점심 먹고 1시간 낮잠까지 잤는데 3시쯤 모두 끝이 났다.

"내가 아는 문신사 중에 너보다 빠르게 문신을 하는 사람은 없을 거다. 아무튼 덕분에 잘 끝내서 다행이다. 자! 이제 옷 벗어봐."

옷을 벗고 침대에 누웠다.

"이야! 몸 좋네. 셀프 문신인데도 예쁘게 했네. 그리고 마나는… 음……? 음……."

카둥은 몸을 더듬으면서 모르겠다는 표정을 지었다.

"마나 측정이 안 되네. 특이한 몸인가?"

"괜찮을 겁니다. 일단 활성화를 시켜보시죠."

"알았다. 혹시 모르니까 일단 두 곳만 해보자."

카둥은 배꼽 위와 아래 두 곳을 찔렀다. 난 관조로 내 몸을 내려다보았다.

몸속에 있던 마나가 문신이 있는 곳으로 스르륵 움직이며 차올랐다.

'됐어!'

없어진 지 이틀 만에 마나가 몸 밖으로 나오는 모습을 보니 두 손이 불끈 쥐어졌다.

"기쁜가 보네."

"네, 기쁩니다!"

"약간 힘이 강해진다는 것 빼곤 아직까진 별 볼 일 없다. 팔부터 할래? 등부터 할래?"

"팔부터 하겠습니다."

"그럴 줄 알았다."

수십 개의 바늘이 살을 찌르는데 당연히 아프고 반복되니 기분이 묘했다. 그러나 끝났을 때의 기쁨을 생각하니 즐거운 마음으로 참을 수 있었다.

"휴우~ 끝! 등은 좀 쉬었다가 하자. 기운이 달려서 안 되겠다."

"고생하셨습니다. 전 잘되나 안 되나 실험 좀 해보겠습니다."

문신에 차오른 마나를 오른쪽 팔에 새겨진 길로 보냈다. 마치 마나가 피부를 타고 흐르듯 흘렀고 자극 포인트를 지나면서 속도를 높였다. 그리고 손가락 끝까지 와서 맺혔다.

'이 정도면 1서클 마법을 겨우 쓸 수 있는 양이네.'

카둥이 놓아둔 바늘을 들어 약물에 찍었다. 그리고 하단전에 그려진 원에 왼쪽 부근을 찔렀다.

맺혀 있던 마나가 바늘을 타고 내려가 약물과 섞이면서 피부로 스며들었다. 그리고 그곳으로도 마나가 스며 나왔다.

네 개, 다섯 개… 일곱 개, 여덟 개까지 순식간에 뚫어버렸다.

다시 팔로 내보냈다. 나오는 양은 3서클.

'이틀 만에 이 정도면 나쁘지 않아.'

탈출의 최소 조건은 7서클이었다. 가급적 8서클 수준까지 되면 좋겠지만 그러기엔 너무 오랜 시간이 걸릴 것 같았다.

*   *   *

사흘째.

드디어 일에 투입되었다.

"신입들은 각 조 조장들의 말을 잘 듣도록. 괜히 나대다가 죽지 말고. 조장들은 신입이 잘 적응하도록 도와주고 지난번과 같이 대량의 사고라도 나면 그땐 너희들에게 책임을 묻겠다."

아침을 먹고 나자 신입 노예들은 각각 네 개의 조로 나누어 졌다.

나 같은 경우는 4조로 편성됐고 4조의 10번이라는 뜻의 410이라는 번호를 부여받았다.

"조장들은 조원들의 복장 다시 한 번 점검한다."

조장은 나머지는 대충 훑어보고 나와 함께 배정된 신입 노예 409와 날 유독 세심히 살폈다.

"409, 죽고 싶나? 끈 정리 제대로 안 해? 어리바리 굴지 마라. 네놈 한 명만 죽는 건 상관없지만 다른 사람까지 피해를 입히면 그땐 내가 직접 죽일 거다."

복면까지 완전무장한 상태라 조장의 얼굴을 확인할 수는 없었지만 걸걸한 목소리에 눈가의 주름을 볼 때 40대 정도로 보였다.

"410, 넌 그나마 낫군. 빠릿빠릿하다는 소문을 들었다. 가르 쳐 주면 열심히 알 수 있도록."

"그러죠."

"4조 체크 완료!"

네 명의 조장이 체크가 완료되었다고 보고하자 감시병에 작업반장까지 총 49명의 인원이 각자의 짐을 챙겨 광산으로 이동했다.

내가 들게 된 건 쇠만큼 딱딱한 나무로 된 긴 국자 모양의 바가지였다.

뜨거운 열기를 뚫고 20분 만에 도착한 광산은 죽음의 대지 여느 장소와 크게 다를 바가 없었다.

"각 조 각자 위치로!"

4조는 정면의 비스듬히 솟아 있는 바위를 기준으로 3시 방향이었다.

"크흡!"

일터와 조금씩 가까워지자 409가 헛숨을 내쉴 만큼 열기는 지금까지와 비교도 되지 않을 정도로 뜨거워졌다.

"여기가 쉼터 겸 물건을 만드는 곳이다."

반경 5미터 크기의 바위 위에 도착하자 다들 짐을 내려놓았다.

"409, 410, 너희는 어떻게 하는지를 잘 보고 시키는 일만 해라. 내일부터는 제 몫을 못 하면 국물도 없을 줄 알아라."

"네, 알겠습니다!"

앞으로 얼마나 이곳에 지낼지 모르지만 이왕이면 무난하게 보내고 싶어 큰 소리로 대답했다.

*   *   *

각 조의 작업은 조금씩 달랐다.

1조와 2조는 해머나 정 따위로 땅을 파헤쳐서 광물을 캐냈고, 3조와 4조는 시뻘건 쇳물 같은 것을 긴 바가지를 이용해 들어 올린 후 틀에 부어 굳히는 작업을 했다.

1, 2조의 땅이 3, 4조보다 덜 뜨거웠지만 해머로 땅을 내려쳤을 때 용암이 덮칠 수 있었기에 어느 작업이 더 위험하냐는 무의미했다.

그저 조심, 또 조심하는 수밖에 없었다.

"다음 조!"

4조의 작업은 3명씩 나누어 이루어졌다.

3명이 구멍에 긴 바가지를 넣고 쇳물을 들어 올려 틀에 부으면, 대기하고 있던 3명은 틀로 만들어진 괴를 뽑아내고, 나머지 3명이 괴를 부지런히 작업반장이 서 있는 광산 입구 쪽으로 옮겼다.

그리고 이 일은 10분마다 교대였다. 더 오래하면 아무리 문신 마법을 한 노예라도 죽을 수 있었다.

두 명이 들어가려 할 때였다.

"저도 참여하겠습니다."

"오후에나 시킬 생각이었는데."

"어차피 할 일. 어느 정도의 온도인지 체감이라도 하고 싶군요."

"그럼 이번에 들어가서 어떻게 떠 올리는지 구경해. 바가지가 네 몸값보다 비싼데 놓치기라도 하면 그땐 사흘간 매타작이 이어질 거다."

"그러죠."

"거기 409, 너도 따라가."

조장의 말에 409는 약간 머뭇거리기만 했을 뿐 두말없이 따라왔다. 방금 일을 마친 조장이 거의 죽기 일보 직전의 목소리로 말했기 때문이다.

10분 만에 쌩쌩하던 사람이 비실거릴 정도라면 어느 정도 열기일까?

"…미친!"

직경 1미터 정도의 구멍으로 다가가자 몸의 기온이 순식간에 두 배로 치솟아 올랐다. 당장에라도 몸에 불이 붙을 것처럼 후끈거렸다.

마나가 움직이며 방어를 해줬기에 망정이지, 정말 숨이 턱턱 막히는 열기였다.

'아이스 마법을 새길 걸 그랬나?'

사실 내부의 마나가 알아서 해줄 거라는 생각에 등 뒤에 아이스 마법을 새기지 않았다.

지금까지는 옳은 선택이었다. 근데 지금은 아니다. 후회된다.

"이러다 불티 하나만 튀어도 불붙을 것 같군요."

구멍에 30센티까지 올라가자 몸이 퍼석퍼석해지는 느낌과 함께 머리가 핑 돌았다. 그때 다행히 마나가 몸과 밖의 밸런스를 서서히 맞춰주었다.

"…농담할 기운도 있고, 제법이네. 이제부터 조용히 지켜봐라."

일을 시작하려는 407은 두려움이 가득한 눈빛을 하고 있었다.

두 사람은 일을 시작했다.

순식간의 두 사람의 기운이 붉은색으로 바뀌었다. 만약 등 뒤에서 일어나는 차가운 기운이 붉은색을 몰아내지 않았다면 바로 죽었을 것이다.

'최대한 구멍과 멀리 떨어져 뜨고 있군.'

오로지 구멍 쪽으로는 긴 바가지만 들어가도록 해 안에 흐르는 노랗고 빨간 쇳물을 떴다.

떠낸 것을 옮겨 갈 때, 난 빙 돌며 구멍 안을 살폈다.

구멍 안은 동굴의 일부로 보였는데, 한쪽에서 졸졸 흐르는 쇳물이 구멍 바로 아래쪽에 위치한 욕조처럼 파인 곳으로 흘러 들어가고 있었다.

게다가 정말 놀라운 건.

'헐! 벽 쪽에 박힌 저거 마나석이잖아!'

동굴의 한쪽 벽에 하얀색 마나석이 징그럽게도 박혀 있었다.

저것만 캘 수 있다면 대박이겠다 싶었다.

마나가 본격적으로 몸을 보호하기 시작하자 구멍에서 나오는 열기가 어느 정도인지 확인하고 싶어졌다.

슬쩍 손을 올렸다.

지지지직!

뭔가 녹는 듯한 느낌에 얼른 손을 뺐다.

"410, 이 미친놈! 손에 불붙으면 손만 탈 것 같지? 몸까지 순식간에 타버려!"

406이 오다가 버럭 소리를 질렀다.

"테스트를 해야 위험한 걸 알죠. 이번에 저도 바가지를 들겠습니다."

"…장담하는데 저 자식 10일도 못 버틸 거야."

"내가 보기엔 5일."

"쯧! 두 사람보다 오래 버틸 거니 염려 마세요."

바가지를 가지고 구멍 안으로 슥 넣었다.

"뜨는데 피똥 쌀 거다. 구멍에서 떨어져서 뜨는 게 얼마나 힘든……!!"

나는 이미 바가지로 쇳물을 떠서 올리고 있었다.

돌아보며 위치를 확인했고 나머지는 마보세로 보면 끝이었다.

놀라는 두 노예를 뒤로하고 얼른 쉼터로 가서 틀에 부었다. 물을 마시던 조장이 놀라 중얼거렸다.

"…너 대단한데?"

"제가 원래 노예 생활에 조예가 깊습니다."

난 오른쪽 위치를 차지해 남들이 두 번 할 때 세 번을 날랐다. 더 빨리할 수 있었지만 이 정도면 충분했다. 그리고 10분이 지나 교대했다.

'8서클이 괜히 8서클이 아니구나.'

문신을 하면서 일부밖에 사용하지 못하는 마나지만 그 능력마저 잃은 것은 아닌지 1시간이고 2시간이고 버틸 수 있을 것 같았다.

다만 여전히 구멍 위로 손을 올리는 건 불가능했다.

작업반장 베롱은 무리하게 일을 시키지 않았다.

점심을 풍족하게 먹이고 거칠게 다뤄 노예 한 명을 잃으면 비용 면에서 훨씬 불리했기에 취하는 행동일 것이다.

사고, 문신 새기고, 교육시키고, 내가 볼 때 노예가 죽으면 그야말로 적자다.

마나석을 캐낼 수 있다면 모를까, 틀에 굳은 금속을 봐서는 큰돈이 될 것 같진 않았다.

점심을 먹고 40분을 쉬었다. 다들 자리에 누워봤지만 잠이 오질 않았다.

오후 작업에선 1, 2조에서 대략 500금어치는 되어 보이는 마나석이 나왔다.

그 덕에 일은 30분 일찍 끝났다.

별것 아닌 시간처럼 보이지만 3, 4조에겐 한 타임을 하지 않아도 되는 시간이었다.

상당히 많이 쌓인 괴를 나눠 들고 마루의 제단으로 복귀했다.

"신입 노예들은 오늘부터는 각 조에서 지낸다. 옷 반납하고 씻고 각 조는 밥을 타러 오도록."

모두 복면과 겉옷을 벗었다.

그제야 조장의 얼굴이 보였다. 딱 보니 칸켈족은 아니었다. 조장도 날 보고 알아차린 모양이다.

"410, 넌 어디 출신이냐?"

"…플린 왕국입니다. 조장님은?"

"뮤트 제국."

"여긴 어떻게 잡혀 왔습니까?"

"상단을 호위하는 용병이었다. 그러다 마적에게 잡혀 이곳에 끌려왔지. 벌써 3년 전이군."

얼마나 되었는지 묻기도 전에 그가 대답했다. 그래서 다른 걸 물었다.

"오래 버티신 겁니까?"

"조장인 걸 보면 알잖아. 하다 보면 알겠지만 땅이 무너지기도 하고, 용암이 분출되기도 하고, 아주 간혹 라바웜 드래곤이 나타나기도 해. 우리가 작업하는 곳도 예전 라바웜 새끼가 지나다니던 곳일 거야."

"지랄 같은 곳이군요?"

라바웜 드래곤은 용암에 사는 웜 드래곤이라고 생각하면 된다.

"그렇지."

"씻는 건 어떻게 합니까?"

"마실 물도 공수하는 판에 씻을 물이 있을까. 한 달에 한 번 온천에 가서 씻을 수 있다. 참! 내일부터는 409와 둘이 식사를 가지러 가야 한다."

"위치만 가르쳐 준다면 문제없습니다."

"…계속 기운이 넘치길 바라마."

격려인지 독려인지 이죽거리는 건지 모르지만 격려로 듣기로 했다.

아침과 점심에 비해 저녁은 다른 날과 비슷했다.

스프와 아주 짠 절인 고기였다.

얼른 먹고 화장실로 갔다. 그리고 쪼그려 앉아 마법을 실행해 보았다.

'워터!'

보통 얼굴만 한 크기의 물이 뭉치는데 여기선 조금 작았다. 이 물로 씻을까 했는데 암흑 계열 마법을 못 쓰는 지금은 몰래 씻긴 힘들어 보였다.

그냥 약간 마시고 화장실 구멍으로 던져 버린 후 일어났다. 그때 전사 한 명이 뛰어왔다.

"410, 여기 있었군. 카둥 님이 부른다."

"알겠습니다."

바로 카둥의 집으로 갔다.

"여어~ 아우스. 오늘 일 좀 했다며?"

"여긴 소문이 무척 빠르네요."

"할 일이 없잖아. 그나저나 아이스 문신을 새기지도 않았는데 버티다니 대단한데."

"제 몸이 좀 특이체질이더라고요."

"부러운 체질이네. 널 부른 건 다름 아니라 공부하려면 여기서 하라고 불렀어. 내일부턴 별말 없어도 일 끝나면 밥 먹고 이쪽으로 오면 될 거야."

"감사합니다."

"별것 아니야. 그리고 약물은… 조금 곤란하게 됐다. 워낙 비싼 거라 더 이상 보급을 받지 못하게 됐어. 현재 있는 게 다야."

이럼 곤란하다.

문신 마법책으로 꺼내야 하나 아님 가지고 있는 금화를 꺼내야 하나 고민됐다.

고민하는 모습을 실망하는 모습이라고 생각했을까. 카둥은 빙긋 웃으며 말했다.

"당장은 이것만으로 버텨봐. 최대한 구해줄 테니까. 아님 마나석이나 귀한 광물이 많이 나오길 아라 님께 기도해 보든가."

일단 지켜보기로 했다.

"참! 카둥 님, 혹시 일할 때 입는 작업복은 어떻게 만들어지는 겁니까?"

"베비링이 마을에서 사 오는 거니까. 나도 모르지."

"베비링?"

"아! 넌 모르겠구나. 광산주 이름이 베비링이야. 근데 그건 왜?"

"마법진을 새길 수 있지 않을까 해서요."

"기본적으로 새겨져 있지 않나?"

오늘 쉴 때마다 꼼꼼히 살펴본 결과, 불연 재료에 아이스와 윈드 관련 마법이 새겨져 있었다.

"좀 효율이 떨어지는 것 같아서요."

"설마 마법진도 새길 수 있는 거야?"

"말씀 드렸잖아요. 마법진 노예로 꽤 오랫동안 지냈다고."

"배 속부터 노예로 지냈냐? 아님 동안인 거냐? 뭔 재주가 그렇게 많아? 한 벌 구할 수 있나 알아볼 테니까 여기서 책 읽고 있어."

카둥 이 사람은 의심하는 법이 없다.

'혹시 더듬었을 때 모른 척하더니 내 마나양을 파악한 건가?'

꽤 타당성이 있는 추측이었다.

'그렇다면 괜히 숨길 필요 없겠지. 얼른 다 외워 버리고 공개를 해버려야지.'

카둥이 작업복을 구하러 간 사이, 난 책을 꺼내 다시 외우기 시작했다.

구하는 게 힘든 건지 광산주와 얘기를 나누는 건지 내가 책을 다 외울 때까지 오지 않았다.

책을 한쪽에 던져놓고 어젯밤과 오늘 일하면서 파악했던 다음 부분부터 살펴보았다.

'역시나 내 생각대로야!'

책에 나온 자극 포인트는 대부분 알고 있는 것들이었다. 그

래서 기능만 체크하는 걸로 빠르게 이해해 나갔다. 그때 카둥
이 돌아왔다.

"오래 기다렸지. 웬만하면 온전한 걸로 가져오려고 했는데 망
가진 것밖에 줄 수 없대. 지난번 사고로 돈이 많이 부족한 모
양이야. 대신 세 벌이나 가져왔으니까 마음대로 사용해도 돼."

"제 말을 믿어주셔서 감사합니다."

"내가 다른 건 몰라도 사람은 잘 봐. 필요한 거 있으면 말
해. 있는 거라면 구해다 줄 테니까."

"마법진은 딱히 필요한 거 없습니다. 그리고 카둥 님, 드릴
말씀이 있습니다."

"무슨 말을 하려고 그리 심각해? 편하게 말해."

난 말 대신에 옆에 놔뒀던 책을 그에게 건넸다.

"이게 뭐야?"

"마하트의 유명한 문신 마법사의 책입니다. 가급적 혼자 보
려고 했는데 카둥 님이라면 괜찮을 것 같아서."

"이 큰 책을 어디다 숨기고 온 거야? 가만⋯⋯!"

가슴 뜨끔해지는 말을 하던 그는 책을 넘기다가 눈빛이 심
각해진다. 그러곤 아예 테이블에 놓고 한 장 한 장 신중하게
넘겼다.

저러다 밤새는 거 아닌지 모르겠다.

일단 작업복부터 볼까 말까 하다가 포기하고 그가 정신을
차릴 때까지 기다렸다.

1시간쯤 지나자 그가 책에서 시선을 뗐다.

"이건 어떻게 구한 거지? 훔쳤나?"

"돈 주고 샀습니다."

"노예였다며? 1, 2금 하진 않았을 텐데?"

"정확하게 15,000금이었죠."

"…믿을 수가 없군."

"혹시 플린 왕국의 프링크 가문을 아십니까?"

"모를 리가 없지. 최초의 마법 물품인 화염 요리기를 만든 곳이잖아."

"제가 그곳에서 몇 가지 마법 물품을 만들었습니다. 그래서 상당히 많은 돈을 벌었죠."

"너의 문신 실력을 보면 납득이 가긴 하는데 어떻게 여기에 잡혀 온 거지?"

"사연이 깁니다."

"얘기하기 곤란하다는 것처럼 들리는군."

"곤란하죠. 다만 카둥 님이 제게 보여준 믿음 때문에 그 책을 드린 겁니다."

"흐흐흐! 내 믿음이 꽤 비싸군."

"그것도 싼 편이죠."

그렇게 말하며 나는 그의 기운을 시시각각 살피고 있었다. 만약 약간의 살기나 불손한 기운이 포착된다면 그를 쓰러뜨리고 탈출을 모색할 생각이었다.

그러나 그의 기운은 거의 변화가 없었다. 다만 희망을 나타내는 녹색과 욕망을 나타내는 옅은 갈색이 슬금슬금 나오고 있었다.

"그리 생각해 주니 고맙군. 근데 이 책 나 줄 거야? 후회하지 않겠어?"

"네. 대신 혼자만 아세요. 물론 후손에게 남기는 건 상관없어요."

"사부님도 계신데?"

"지식을 나누는 것까지 막을 생각은 없습니다."

"아하~ 책을 공유하지 말라는 거였군."

"돈 주고 산 책이지만 저자에 대한 최소한의 예의는 있어야죠."

사실 좀 있으면 세상이 '신'이라 불리는 놈에게 굴복할지 모르는데 굳이 제한을 걸 필요가 있을까 싶다.

하지만 이미 꺼낸 말, 되돌리기도 귀찮다.

"알았다. 이왕이면 같이 연구했음 한다. 너에게 도움을 청할 일도 있고."

"물론이죠. 저도 아직 도움을 청할 일이 많습니다."

"좋아!"

카둥은 손을 내밀었고 나는 그와 악수를 했다.

*   *   *

문신 마법을 이용해 3서클 마법을 펼칠 수 있게 되었다고 해서 과거 내가 3서클일 때보다 강하느냐 하면 그건 아니다.

팔과 다리, 몸으로 이어지는 자극 포인트를 어느 정도 활성화시켜야 했다.

6서클 문신 마법사의 온몸이 거의 낙서처럼 되어 있는 이유이기도 했다.

그러나 나는 처음 새겨 넣은 문신을 제외하곤 문신을 새기지 않고 있었다.

약물이 부족한 것도 있었지만 그보다는 더 효율적인 문신 마법을 새기기 위함이었다.

노예라는 사실은 변함이 없었기에 아침부터 저녁까지 이어지는 일을 계속해야 했다.

망가진 작업복을 고쳐서 열기에 좀 더 강한 작업복을 만들 수 있었다.

그에 하루 동안 테스트를 해봤는데 한결 시원하다는 평가를 받았다. 그 탓에 하룻밤을 새며 작업복 전체에 마법진을 새겨야 했지만 기꺼이 했다.

"이 작업복 정말 좋군."

일과를 마친 베룽은 마루의 제단으로 돌아오자마자 작업복에 대한 칭찬을 했다.

좀 더 시원해진 작업복은 생각보다 훨씬 효율이 좋았다. 평소와 비슷하게 일했는데 작업량이 15퍼센트 이상 는 것이다.

'이 사람아, 더 큰 소리로 말해!'

카둥이 약물을 구하려면 일단 생산량이 좋아져야 한다고 했기 때문이다.

한데 사흘 동안 계속 생산량이 좋아졌음에도 카둥은 곤란하다는 표정만 지었다.

"마을에서 지금 전쟁 지원금 때문에 골치 아픈가 봐. 오히려 생산량을 더 늘리라고 난리란다."

카둥이 속한 에스징 마을은 칸켈 남서쪽에 위치한 곳으로 일대에서 가장 큰 부족이라고 했다.

에스징 마을 역시 전쟁에 적극적으로 참여하고 있는데 그에 대한 보상으로 죽음의 대지에서 광석을 채취할 권리를 얻었다고 한다.

"많은 광석을 캐낸다고 해도 약물을 지원받지 못할 가능성이 높겠군요?"

"…그래, 미안하다. 마을에 있는 전사들의 몸에 새기는 양도 부족하다고 하더라."

너무 잘 풀리더라니.

이제 어떻게 새길 것인지 구상은 끝난 상태다.

언제까지 여기 붙들려 있을 순 없지 않은가.

"삶의 마을에 가면 구할 수 있지 않을까요?"

"설마 돈까지 있는 거냐?"

"제법 있습니다."

"요술 주머니라도… 아! 아공간 주머니! 플린 왕국에서 최초로 냉장고라는 아공간 마법 물품을 개발했었지."

"네. 그것 역시 제가 개발한 겁니다."

"이야~ 이제 보니 정말 천재구나. 근데 약물을 이용해 문신을 한 후에 어쩔 생각이냐?"

"……."

그런 건 굳이 생각하지 않아도 되는데. 하긴 생각 못 하는 게 이상한 건가.

"훗! 너 같은 사람이 노예로 남아 있는 게 이상하지. 떠나기 전에 내 부탁 몇 가지만 들어주면 잡지 않으마."

"다른 사람도 같은 생각일까요?"

"글쎄, 그때도 우리가 널 막을 수 있을까?"

카둥은 마치 나에 대해 안다는 듯 반문했다.

'어쩌면 진짜 아는지도.'

그럼에도 모른 척하고 있는 걸 보면 해를 끼칠 생각은 없는 게 분명했다.

일단 1,000금을 꺼내줬다.

"자식! 부자였네. 진즉에 주지 그랬냐? 농담이다. 책을 준 것만으로도 이미 넘치도록 줬으니까."

"얼마나 구할 수 있을까요?"

"전쟁 중이라 물건값이 많이 올랐을 거다. 그러나 그걸 감

안하더라도 수십 명의 몸에 문신을 새겨 넣을 정도로 충분할
거다."

"재료로 부탁드려도 될까요?"

"문신사의 책에 적힌 방법대로 제조하려고?"

"그것도 있지만 생각하고 있는 제조 방법이 있어서요."

"제조는 할 수 있겠냐?"

제조를 할 때 제조자는 마나를 사용해서 녹여야 한다고 책
에 나와 있었다.

"걱정 마세요."

"알았다. 그리고 이 돈으로 널 대신할 노예 한 명을 사도록
하마. 언제까지 일과 병행할 수는 없잖아."

"감사합니다. 참! 두 명으로 구해줄 수 있습니까?"

"왜? 노예로 쓰려고? 하하하!"

"아뇨. 떠날 때 한 사람을 데려갈까 하고요. 물론 허락한다
면 말이죠."

"그 정도까진 해줄 수 있다."

"얼마나 걸릴까요?"

"내일 몇 명과 함께 마을에 다녀오도록 할게."

그렇다면 최소한 사흘 뒤부터는 하루 종일 문신에 매달릴
수 있다는 말이다.

'늦어도 10일 안엔 이곳을 벗어난다.'

그 시간 동안 미헬라와 테린이 무사하길 바랄 뿐이다.

＊　　　＊　　　＊

아우스가 미헬라와 테린이 무사함을 빌 동안 테린은 몇 명의 전사에게 이끌려 영주의 저택으로 끌려가고 있었다.

"똑바로 걸어라!"

픽!

'똑바로 걸으라면서 발로 차는 개 같은 경우는 뭐람.'

테린은 속으론 투덜거렸지만 입 밖으로 내진 않았다. 지난 일주일 동안 그가 그들을 괴롭힌 걸 생각해 보면 어쩌면 당연한 행동이었다.

테린은 역용술을 통해 황제의 행방을 찾는 한편, 몸을 숨기기 위해 불을 지르거나 테러를 감행했다.

그는 비록 마나를 밖으로 내보낼 순 없어도 순수한 검술만으로도 6서클을 상대할 만큼 충분히 강했다.

그러나 헤나 문신이 점점 희미해지면서 피할 길이 없어졌다. 지금까지 몸을 숨겨준 헤나 문신이 반대로 발목을 잡은 것이다.

칸켈 전사들의 짜증을 온몸으로 받으며 저택 옆에 위치한 낡은 건물의 지하로 들어섰다.

'고문을 할 생각인가?'

들어서자마자 피비린내와 살이 탈 때 나는 탁한 냄새가 먼저 반겼다.

　고문이 무섭진 않았다. 다만 오랜 시간 기다려 겨우 미헬라의 마음을 얻었는데 제대로 사랑조차 못 해보고 죽는 게 억울했다.

　'무사하시겠지?'

　미헬라가 탈출을 한 건 알고 있었다.

　"퉤엣! 네놈을 고문하게 된다면 내가 맡게 될 것이다!"

　뿌득!

　동생을 테린에게 잃은 전사 한 명이 이를 갈며 감옥에 갇힌 그를 향해 침을 뱉었다.

　물론 순순히 맞아줄 생각이 없었기에 피했다.

　"기다리고 있지."

　잡힌 이상 할 수 있는 일이 없었다. 그렇다고 약한 척하는 건 그의 성미에 맞지 않았다.

　1시간쯤 갇혀 있었을까. 여러 명이 다가오는 소리가 들렸다.

　"테린 백작, 여기서 보게 될 줄은 몰랐소."

　지금까지 침착한 모습으로 신문을 기다리고 있던 테린의 얼굴이 처음으로 화난 표정으로 바뀌었다.

　감옥 밖에서 말을 걸어온 자는 그가 익히 알고 있는 자였다.

　"…베르딘 남작."

　"이런! 세상 돌아가는 걸 이렇게 몰라서야. 이제 공작이오만. 아님 공작으로 부르는 게 자존심 상하는 거요? 하하하!"

으득!

"네놈이 황태자와 함께 저질렀구나. 그러고도 제국의 귀족을 들먹이는 거냐!"

"무슨 소린지 모르겠군요. 제국의 모반을 꾀한 사람은 미헬라 황녀와 테린 백작, 두 사람 아니오?"

"닥쳐라, 이놈! 네놈들이 흑탑 놈들과 손을 잡고 하는 짓거린 이미 알고 있다."

"…이런! 자신의 죄를 나에게 뒤집어씌우려고 하다니 후안무치하구려."

베르딘 공작은 이죽거리다가 '흑탑'이라는 말에 순간 움찔했다. 그러나 곧 다시 아무렇지 않게 대답했다.

'우연히 황제가 잡혀 있는 곳을 알았다고 생각했는데 더 많은 걸 알고 있다니… 혹시 그놈인가?'

두 사람과 함께 있었다는 8서클 마도사.

'아우스!'

최근 발칸 제국 지도부 회의에서 가장 많이 오르내리는 이름.

여덟 마도사의 협공을 피해 유유히 도망가고, 세 명의 제국 8서클 마도사를 상대하고도 이긴 자.

모든 마도사가 9서클에 가장 가깝다고 평가하고 있는 그가 자신이 마나 광산에 있을 때 노예로 있었던 꼬맹이라는 사실을 알았을 때 얼마나 기가 막혔던가!

'두 사람을 탈주시킨 게 개인적인 친분 때문이라고 생각했

는데 아니었단 말인가?'

베르딘 공작의 머릿속은 빠르게 돌아가고 있었다.

"어떤 욕망으로 이번 일을 벌였는지 모르지만 네놈들은 흑탑에 이용당하고 있다."

"이거 무슨 말을 하는지……."

"황제 폐하께서 양위할 때 말해주는 비밀이 있음을 알고 있느냐?"

"……."

"그것이 제국을 망하게 할 것이라는 것도 알고 있느냐? …모르는가? 혼자 잘난 척은 더럽게 하더니 결국 이용당하는 역할인 거냐?"

테린의 말은 꽤 심각한 내용을 담고 있었다.

나라를 세우려고 한 일인데 제국이 망할 수도 있다? 처음 듣는 얘기였다.

그가 죽음의 대지로 온 이유는 그랜트 황태자 대신 미헬라 황녀를 이용해 황제에게 양위 문서를 받아내는 일을 하기 위해서였다.

사실 테린을 만날 필요는 없었다.

그저 그가 황녀와 함께 지냈다는 것에 왠지 모르게 기분이 나빠 놀릴 생각으로 온 것이다.

한데 알 수 없는 얘길 들으니 더 이상 가면을 쓰고 있을 수 없었다.

"…제국이 무너질 수 있다니 그게 무슨 얘기냐?"

"나도 자세히는 몰라. 하지만 지금 하고 있는 전쟁을 멈춰. 그렇지 않으면 망해."

"더 자세히 말해! 네놈도 제국이 망하는 걸 원하지 않을 거 아냐."

"글쎄, 솔직히 난 상관없어. 황제 폐하도, 황녀 전하도 없는 제국 따위 관심 없다."

"흥! 미헬라가 내 손안에 있어도 모른다고 할 텐가?"

'젠장! 잡힌 건가?'

증거를 보지 않았으니 믿을 순 없지만 베르딘 공작이 이곳에 있는 걸 보면 상황이 대충 그려졌다.

미헬라를 이용하여 황제를 협박하기 위해 왔을 가능성이 높았다.

'시간을 벌어야 해.'

현재 아우스가 구해주길 바라거나 탈출을 해야 하는데 그러려면 시간이 필요했다.

"아우스가 얘기해 준 것이라 자세히는 몰라. 그리고 정 듣고 싶으면 미헬라 황녀를 데리고 와!"

자세히 모른다고 해놓고 듣고 싶으면 미헬라 황녀를 데리고 오라는 단서를 붙였다.

듣고 싶으면 아우스를 잡거나 자신을 고문하라는 얘기였다.

베르딘은 시간을 끌기 위한 수법임을 눈치챘다. 그러나 그냥 죽이기엔 방금한 얘기가 너무 궁금했다.

왕국을 세우기 위해 시작했는데 오히려 발칸 제국이 무너진다?

정보만 제대로 안다면 플린 왕국이 있는 곳에 왕국을 힘들게 세울 이유는 없었다.

"훗! 테린 백작답지 않게 잔머리는. 마음이 바뀌면 날 찾아. 혹시 아나, 살려줄지."

"잘도 그러겠군. 그럴 리는 없을 거야."

"두고 보자고."

베르딘은 테린을 비웃어주고 나왔다. 그러나 나오자마자 표정이 굳었다.

저택으로 들어간 그는 죽음의 대지 영주인 갸라트가 있는 곳으로 갔다.

"클클! 잘 만나고 오셨소이까, 베르딘 공작."

제국의 공작이면 왕국의 왕들도 무시를 못 한다. 한데 갸라트는 마치 아랫사람처럼 그를 대했다.

'이 빌어먹을 놈! 왕국을 세우고 안정화를 시킨 다음 두고 보자.'

하지만 지금은 호칭과 태도에 일일이 신경 쓸 때는 아니었다.

"미헬라 황녀에 이어 테린 백작까지 잡아오다니 갸라트 영주의 전사들이 얼마나 대단한지 알겠소이다."

"핫핫핫! 황제 폐하의 전사들이지요."

칸켈국의 왕은 황제로 칭하고 있었다.

"그렇군요. 그럼 마지막 한 놈은 언제쯤 잡을 수 있겠습니까?"

"예? 마지막 한 놈도 잡으라고요? 미헬라와 테린만 잡으면 된다고 들었는데."

"도망자를 잡아달라고 부탁하지 않았습니까. 마지막 놈은 상당히 요주의 인물이라 꼭 필요합니다."

"허어~ 그렇게 말하셔도 이미 신경을 쓰지 않은 지 일주일이 넘어서……."

칸켈족은 초원의 전사라고 불리지만 베르딘의 생각은 달랐다.

'초원의 돈벌레들 같으니라고.'

뭘 하든 돈을 요구했다. 미헬라와 테린을 잡는 데도 20만 금을 요구했을 정도였다.

"도망자를 잡아주면 20만 금을 드린다는 말을 분명히 했을 텐데요."

"내가 듣기론 미헬라 황녀와 테린만으로 들은 것 같습니다. 그래서 20만 금을 제안했고요. 셋 다였다면 분명 30만 금을 요구했을 거요! 분명히."

"…그래서 10만 금을 달라는 겁니까?"

"핫핫핫! 당연히 그래야겠지만 우리 사이에 그럴 수가 없지요. 5만 금! 특별히 절반으로 해드리죠."

속으로 욕을 했지만 데려온 인원으로 이 넓은 곳을 찾는 건 불가능했다.

"일주일. 그 이후로는 하루에 만 금씩 깎겠소이다."

"일주일은 좋소이다. 대신 하루 일찍 찾을 때마다 5,000금 어떻소?"

갸라트는 역제안을 했다.

하루에 5,000금이라면 크지도 작지도 않은 딱 적당한 금액.

'정말이지 영주가 아니라 장사치군.'

테린이 말하려던 것이 무엇인지 궁금했고, 그 궁금함을 풀 수 있다면 하루 5,000금의 돈 따윈 충분히 줄 수 있었다.

"좋소이다! 오늘 당장 찾으면 8만 5천 금을 주겠소."

"크핫핫핫! 역시 제국인들은 통이 크다니까. 지금 당장 사람들을 풀도록 하겠소."

그 즉시 갸라트는 수하들에게 아우스를 잡아 오라는 명령을 내렸다.

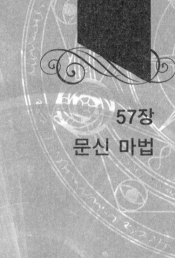

57장
문신 마법

다음 날, 작업을 마치고 돌아오자 카둥이 불렀다.

"이것 재료들. 일단 마나석이 개당 100금으로 다섯 개 샀고, 이 광석은 그램당 5은으로 총 1㎏, 이건……. 마지막으로 노예 둘은 숙소에 있고 이건 남은 돈이다."

그는 재료들을 일일이 보여주며 얼마나 돈을 사용했는지를 꼼꼼히 설명했다.

사실 그의 설명은 귀에 들리지 않았다. 왜냐하면 광산주인 베비링이 팔짱을 낀 채 쳐다보고 있었기 때문이다.

그녀가 만일 노예가 가진 건 주인의 것이라고 생각하고 있다면 탈탈 털릴 것이다.

현재의 난 그녀를 이길 수가 없었다.

"베비링은 명예를 아는 전사야. 나에게 너에 대한 전권을 맡긴다고 약속을 했어. 그리고 일이 끝나면 언제든 떠나도 좋아."

"그렇습니까?"

"그래, 카둥은 내가 가장 믿는 사람이야. 그의 약속은 나의 약속이기도 해."

카둥을 바라보고 있었는데 베비링이 말했다.

고개를 끄덕이려는 찰나, 그녀가 말을 이었다.

"다만!"

"다만?"

"그를 속이는 것이라면 내가 용서 못 해. 그렇다면 그 즉시 네 목을 베어버리겠다!"

"속인다라니요? 어떤 부분에서……."

"하하하! 그건 베비링이 약간 오해를 해서 그래. 베비링, 될 수도 있다고 했지 된다고 한 적은 없어."

"내가 듣기론 분명 된다고 들었어. 그게 아니었다면 저 녀석에게 지금과 같은 편의를 봐줄 이유가 없지."

"무슨 말입니까, 카둥 님?"

"아, 아냐! 넌 신경 쓰지 마."

카둥이 손을 흔들며 우리 둘 사이에 끼어들려 했지만 베비링이 먼저였다.

"카둥의 잘못된 문신을 바로 잡는 거다. 그러지 못하면 넌 절대 이곳에서 나가지 못한다."

"베비링! 넌 대체… 미안하다, 아우스. 이 얘기는 좀 이따가 다시 하기로 하자. 나랑 얘기 좀 해."

카둥은 베비링을 데리고 그의 방으로 들어갔다. 근데 그녀는 나에게 절대로 자신의 의지를 굽힐 생각이 없다는 눈빛을 보내고 따라갔다.

"쩝! 간혹 어려움도 나타나고 해야 재미있지."

물론 재미없이 무사히 나가는 것을 더 선호한다.

재미는 즐거운 삶에서 찾는 거지 탈출에서 찾는 건 미련한 짓이다.

내가 현 시점에서 결정할 수 있는 건 없었다.

시키면 시키는 대로 해야 했다. 그게 약자가 살아남는 방법이다.

카둥이 구해온 재료들을 쇠절구에 넣고 공이로 마나를 흘리며 하나씩 부숴 나갔다. 그리고 그 가루들을 따로따로 쌓아뒀다.

세 번째 광물을 부수고 있는데 카둥이 나왔다.

베비링은 방에 있는 문으로 나간 모양이었다.

"미안, 아우스."

"아닙니다. 한데 베비링 님이 말한 것에 대해 자세히 말씀해 주시면 안 됩니까?"

"안 될 건 없는데……."

카둥은 머리를 긁적거리다가 입고 있는 옷을 훌렁 벗었다.

그러자 보이는 그의 문신.

문신은 얼핏 보면 낙서 같지만 자세히 보면 마법진이나 다름없이 조화를 이루고 있었다. 한데 그의 몸에 그려져 있는 문신은 낙서보다 더 엉망이었다.

마보세로 사람 몸에 흐르는 기운의 흐름까지 볼 수 있는 난 그의 몸 상태를 보고 인상을 찌푸렸다.

'어이쿠! 저래서 내가 스스로 문신을 한다고 했을 때 하지 말라고 했었군.'

"…혼자 하다가 그렇게 된 겁니까?"

"그렇지. 남들보다 강하고 똑똑하다는 착각이 만들어낸 참상이지."

"지우는 방법은요?"

"어릴 때 새긴 거라 불가능해. 살을 도려내 봤는데 살이 재생되니 똑같은 문신이 그대로 새겨져 있더라."

"인간의 몸이 마법진을 작동시키는 마나석처럼 작동하니 그럴 수 있겠군요."

"베비링은 이 문신이 고쳐질 거라고 생각하고 있어."

"지금으로선 상당히 힘들어 보이네요."

"훗! 나도 알아."

"근데 베비링 님이랑은 무슨 관계세요?"

"약혼자. …이미 오래전에 파혼했지만."

"제가 볼 때 마음은 전혀 파혼하지 않은 것 같은데, 착각입니까?"

"후후! 네 말이 맞아. 나도 그녀도 서로를 놓지 못하고 있지."

"혹시 베비링 님이 부족장의 딸?"

"이야~ 그냥 척 보면 다 아는 거냐?"

아니다. 너무 상투적이라 아는 것이다.

"두 분의 사랑을 이어주려면 방법을 생각해야겠군요. 몇 서클이면 되겠습니까?"

"…그런 말은 정색하고 하지 마라. 가슴 설렌다."

"생각해 보겠다고 했지 가능하다고는 말하지 않았습니다만."

"그래도 네가 한 말이라 가슴 설레네."

"혹시 제 이름 말고 아는 것이 있습니까?"

"아우스, 플린 왕국의 20대 초반의 8서클 마도사. 처음 이름을 들었을 땐 동명이인인 줄 알았어. 한데 점점 그 당사자라는 걸 확신하게 됐지."

역시 알고 있었다.

"오해 마. 어떤 의도를 가지고 잘해준 건 아니니까. 그저 문신을 잘하면 나 대신 이곳을 맡길 생각이었다."

"제 소문이 이곳까지 날 줄은 생각도 못 했군요."

"내가 그런 소문에 관심이 많았거든. 처음엔 문신을 원래대로 돌릴 수 있는 소문이 있는지를 탐문하다가 어느새 취미가 되어버렸어. 8극천, 12패왕. 몸은 망가졌지만 상상 속에선 그들과 대련을 했어."

"그들 중 상당수가 미친 싸움광이에요."

"그렇지 않으면 그토록 강해질 수 없지 않나? 아! 넌 천재라서 안 그런 거야?"

"아뇨. 저도 무지하게 싸웠죠. 평생 한두 번 싸워볼까 한다는 8서클들과도 계속 싸웠고요."

"부럽군."

"기회 되면 실제로 싸우게 해드릴게요. 뮤트 제국의 베네툭 백작이 좋아라 할 겁니다."

"오! 베네툭 드 글로리 백작! 어? 근데 그 사람 실종되었다고 들었는데?"

"살아서 돌아왔습니다."

"그런가. 상대가 되지 않을 것임을 알면서도 가슴이 두근대는군."

죽기 직전까지 맞으면 가슴이 분노로 두근댈 거다.

그와 얘기를 하면서 빻다 보니 어느새 모든 재료는 가루가 되어 있었다.

"본격적으로 약물을 만들어보죠."

"나도 도울게."

우리는 새벽이 될 때까지 약물을 만들었다.

＊　　　＊　　　＊

　일 잘하는 나를 작업에서 제외시킨다는 말에 베룽이 잠시 투덜댔다. 그러나 다다룽의 싸늘한 눈빛에 입을 닫고 광산으로 출발했다.

　"앞으로 넌 카둥과 함께 생활하도록. 그리고 혹시 딴생각일랑 하지 마라. 널 지켜보겠다."

　딴생각, 뭐? 도망이라도 갈까 봐?

　지금 이 상태로 도망가 봐야 할 수 있는 게 없다.

　"아침은 든든히 먹었나?"

　"시술하는 분이 많이 먹어야죠."

　오늘부턴 문신을 새기기로 했는데 등 뒤는 카둥이 새겨주기로 했다.

　"시술받는 사람도 체력적 소모가 크다. 자! 어떤 식으로 해주랴?"

　"종이 좀 쓰겠습니다."

　난 내가 생각하는 바대로 그림을 그리며 설명을 해주었다.

　전혀 새로운 방식이라 그런지 표정이 밝지 않았다.

　"음, 주요 자극 포인트를 먼저 활성화하게 해달라고?"

　"예. 짚을 곳은 말씀드리겠습니다."

　"네가 준 책에도 나와 있지 않은 방법 같은데? 실패하면 나처럼 될 수도 있어."

"그럴 수도 있죠. 하지만 성공하면 카둥 님의 치료 역시 가능할 겁니다."

"…그런가? 반대를 해야 하는데 그 말을 들으니 반대할 수가 없군."

"적은 범위의 문신으로 알 수 있으니 실패해도 그리 큰 영향은 없을 겁니다."

"그야 봐야 알겠지. 자! 어차피 고집을 꺾지 않을 터. 시작해 보자. 어떤 약물로 할 텐가?"

"투명 약물로 해주십시오."

문신을 할 때 사용하는 약물이 검은색 하나만 있는 건 아니다. 붉은색, 푸른색, 검은색 등 원하는 색을 입힐 수 있는데 난 투명한 색과 검은색 두 가지로 만들었다.

"내 실력을 과대평가하는군."

"믿는 거죠."

"부담까지 주는군. 누워. 일단 시작해 보자고."

난 한 장의 속옷만 입고 침대에 올라갔다.

"바늘을 쥐보시겠습니까? 손이 닿는 곳은 제가 하죠."

바늘을 받아 남자의 상징 바로 밑에 주요 자극 포인트를 활성화시키고 주변에 작은 원을 만들었다. 그리고 단전의 큰 원까지 연결시켰다.

어차피 눈에 보이지 않는 투명한 약물이라도 송골송골 맺혀 올라오는 피가 어디를 찌르고 어디로 길을 연결했는지 보였다.

손이 닿는 곳까지는 활성화를 시켰다.

"일직선으로 연결해 주십시오."

돌아누우며 바늘을 넘겼다.

"작은 원을 만드는 이유는 뭔가?"

카둥은 문신을 하면서 물어왔다.

"지금 연결하는 선이 큰 마나의 강이 될 겁니다. 그리고 그 마나의 강에서 필요한 곳으로 마나를 보내게 되겠죠."

"몸을 기준으로 단전을 만드는 건가?"

"하하… 윽! 그렇죠."

"미안. 너무 깊이 찔렀군. 근데 자네 이론이 맞는다면 마법 의 속도가 엄청 빨라지겠군."

"네."

생각대로만 된다면 속도는 기본이고 마나의 양도 회전을 시 키면 시킬수록 많아질 것이다.

이 수법은 알게 되어도 완전하게 알려줄 생각은 없다. 만약 마나가 없는 상태에서 무작정 길을 냈다가 몸의 생기까지 문 신에서 빨아들일 수도 있었다.

"여기?"

"1센티만 위로요. 네, 거기요."

카둥은 손가락으로 조금씩 올라가며 주요 자극 포인트를 찾았고 정확한 위치에 도착하면 알려주었다.

"밥 먹고 마저 하시죠."

목까지 하고 난 후, 머리를 깎아야 했기에 멈췄다.

"후우~ 그럴까? 이거 피 맺히는 걸로 기준을 잡고 하려니 힘들군. 근데 몸의 재생 능력이 장난이 아니네. 방금 전에 한 곳을 빼곤 피가 다 멎었어."

"7서클부터는 신체 재구성을 합니다. 아마 문신 마법 역시 마찬가지일 겁니다."

"음, 그런가? 그래서 오랜 시간 불가능했던 건가?"

"아마도요."

"그럼 황제 폐하가 8서클에 이를 수 있었던 이유는 신체 재구성의 방법을 알게 된 건가?"

"제가 드린 책의 마지막에 보면 그런 비슷한 말이 나옵니다. 일단 몸을 만들고 해야지 아니면 미쳐 버린다고요. 그게 신체 재구성을 말하는 걸 겁니다."

"어렵군."

"일단 식사부터 가지고 오겠습니다."

식당으로 가자 2인분을 식판에 담아줬다. 가져와 먹은 후 마법으로 물을 만들어내 간단히 씻었다.

"이제 뒷머리 부분입니다."

손에 마나를 두르고 머리를 힘차게 뒤로 밀면서 넘겼다.

우수수 떨어지는 머리카락.

5분도 되지 않아 민머리가 됐다.

"머리 꼭대기까지만 해주시면 됩니다."

"앞은 주요 자극 포인트가 어디인지 구경해도 되나?"

"물론입니다. 하지만 제가 없을 땐 하시면 안 됩니다. 위험할 수 있습니다."

"걱정 마. 자네가 가르쳐 준 주요 자극 포인트 중 책에 없는 것이 있어서 알아두려는 것이니까."

목 뒤부터 머리 꼭대기까진 더욱 신중하게 문신을 하고 활성화를 했다.

작은 것은 지름 2센티도 되지 않은 크기로 원을 만들었다.

"고생하셨습니다. 여기서부턴 제가 하겠습니다."

다시 바늘을 받아 든 나는 머리부터 단전까지 빠르게 문신을 이어갔다. 상단전과 중단전엔 원을 그리지 않고 활성화만 시켰다.

그리고 마침내 단전에 그려진 큰 원에 닿았다.

우우우웅!

몸의 앞과 뒤를 이용한 더 큰 원을 만들어서인지 마나들은 기쁘다는 듯 울었다.

단전의 큰 원에서 스미어 나온 마나가 아래로 내려가더니 등을 타고 올라온다. 그리고 주요 자극 포인트의 한 곳을 지날 때마다 언덕 위에서 눈이 구르듯 마나를 더해갔다.

커지고 단단해진 마나는 미간과 명치에서 잠시 머물다가 다시 돌아왔다.

'6서클 바로 직전이군. 중단전에 문신을 새기고 상단전까지 새기면 7서클까지 가능하겠어.'

물론 아직까진 시작 단계다.

몸은 넓고, 새기고 활성화할 자극 포인트는 넘쳐났다.

"…성공했나?"

카둥은 결과가 꽤 궁금한 모양이었다.

"네. 이렇게 연결하니 거의 6서클에 가까운 마나를 사용할 수 있게 되는군요."

"오! 중단전에 문신을 새기지도 않고 말인가?"

문신 마법에선 중단전에 큰 원을 그리고 나서부터 4서클의 시작이었다.

"네. 일단 전 여기까지 하고 저녁에 다시 새겨야겠습니다. 이제 카둥 님이 누워보시죠."

"너무 빠른 거 아닌가?"

"당연히 빠릅니다. 그냥 상태를 정확히 파악하려고 보는 것 뿐입니다."

본인의 입으로 빠른 것 아니냐고 해놓고, 보기만 한다고 하니 그의 얼굴에 약간 실망의 기운이 스쳤다.

'최적으로 고쳐 드리죠.'

내가 생각한 것이 확실한 효과가 있음이 증명된 이상 카둥을 치료할 가능성은 한결 높아졌다.

"한 명의 지원자가 있었어."

됐다! 처음 한 명이면 족하다.

"다행입니다. 한 명도 없으면 어쩌나 했는데."

"근데 나만큼은 아니더라도 데룽 그도 과거에 엉터리 문신사에게 시술을 받아 조금 복잡할 거야."

"일단 한번 볼 수 있을까요?"

"근무 교대 하고 바로 올 거야. 근데 너 어디까지 문신했냐? 투명 약물에 상처마저 금방 나아버리니 도통 알 수가 없군."

"일단 양팔과 양다리 주요 자극 포인트는 다 했어요."

언제 어떻게 될지 모르는 상태에서 한 부분씩 해나가는 건 미련한 짓이다.

물론 마보세가 없었다면 투명 약물을 쓸 생각은 하지도 못했겠지만 말이다.

"빠르구나. 등은 언제 할 생각이냐?"

"그리 급할 건 없어요. 오늘은 저녁에 두 시간쯤만 해주시면 될 것 같습니다."

"다행이다. 마나가 아직 다 안 찼거든."

"힘들면 말하세요. 무리하면 오히려 나중에 문신을 고칠 때 느려질 수 있어요."

"알았다."

얘기를 하는데 문이 열리며 두 사람이 들어왔다.

지나가면서 봤던 전사와 다다룽.

다다룽은 이렇다 할 말 없이 한쪽 의자로 가더니 그곳에 앉았다.

'감시하러 왔나 보군.'

기운이 아니라 눈빛만 봐도 알겠다.

딱히 문신 마법에 대해서 알고 온 것 같진 않았다. 그 말인즉, 신경을 쓸 필요 없다는 거다.

"일단 다 벗고 누워보시겠습니까? 데룽 님."

"…정말 더 강해질 수 있는 건가? 부족의 문신사님은 불가능하다고 하셨다."

"글쎄요. 일단 봐야 알겠지만 카둥 님 정도만 아니라면 가능하지 않을까 생각합니다. 실례지만 현재 몇 서클 마법을 쓸 수 있으십니까?"

"신체는 4서클에 가깝지만 마법은 3서클까지 쓸 수가 있다."

그는 옷을 벗고 침대에 누웠다.

"음……."

이 사람은 카둥과 다른 면에서 엉망이었다.

단전의 원 두 개가 겹쳐진 것처럼 새겨져 있었는데 포인트 활성화가 상당히 미묘했다.

엉터리 문신사가 마나홀을 대충 뚫고 거기에 덧씌운 모양새였다.

"혹시 지구력이 약하지 않으십니까?"

"…응, 쉽게 피곤해져. 이유가 있나?"

"활성화된 마나홀이 필요 이상으로 커서 마나 소모가 심합니다. 이런 상태라면 생명력이 부족해서 버티기 힘들었을 텐데."

"맞아. 처음 문신을 고치고 자주 픽픽 쓰러졌지. 문신사님도 절대 힘을 쓰지 말라고 하셨어."

"근데요?"

"몰라. 어느 날, 문신사님에게 시술을 받은 후부터 버틸 만하더군. 문신사님도 원인을 못 찾았지만."

"혹시……!"

얼굴을 그의 배에 묻듯이 바싹 들이밀었다. 그리고 어지러운 패턴을 다 외워 버리겠다는 듯 살폈다.

'보통 3서클에 4개의 마나홀을 뚫는다고 하면……. 근데 동, 남, 북만 활성화된 상태야. 서쪽이 가장 의심스러워.'

1제곱센티미터의 넓이에 족히 백 개가 넘는 점이 찍혀 있다. 서쪽 마나홀 뚫기를 하는 위치는 대략 4제곱센티미터.

400개가 넘는 점을 머릿속에 입력시키고 어떤 패턴이 있는지를 살폈다.

그러다 원으로 이루어진 한 가지 패턴을 발견할 수 있었다.

"아! 이럴 수가."

정말 이렇게 운이 좋은 사람이 있을 수 있나.

수많은 마법진이 있다. 만들기에 따라 그 수는 무한으로 늘어날 것이다. 그러나 그중 가장 쓸모없는 마법진이 있다.

무력화 마법진.

이름은 멋있지만 쉽게 말해 활성화 상태의 마법진을 쓸 수 없게 만드는 마법진이다.

마법진 위에 무력화 마법진을 덧그리는 형식인데 여러모로 좋지 않다.

디스펠을 한 후 발로 지워 버리거나, 마나석을 빼고 일부를 손상시키기만 해도 무력화되는데 왜 굳이 시간을 들여 그 위에 마법진을 그리고 있겠는가.

만약 모든 마법진에 공통으로 쓸 수 있다면 조금 나을지도 모르겠다.

근데 그것도 아니다.

3서클 이하의 마법만 가능하다. 또한 마법진의 크기가 반경 50센티만 넘어도 불가능하다. 거기에 그린다기보단 점을 찍는 방식이다.

이런 쓰레기 마법을 누가 쓰겠는가.

나 역시 한번 쓱 보고 넘어갔다.

기억력이 좋지 않았다면 생각조차 못 했을 거다.

근데 그 쓰레기 마법진이 문신 마법에서는 보석이 되어버린 거다.

이제 누워 있는 전사가 얼마나 운이 좋은지 알겠는가.

엉터리 문신사가 찌른 바늘 자국과 부족의 문신사가 고친다고 찌른 바늘 자국이 마법진을 만들어낸 것이다.

"고칠 방도가 생각났어?"

카둥의 물음에 생각에서 빠져나왔다.

"이 전사분의 경우엔 효과가 어느 정도 있겠어요. 카둥 님의 경우는… 여전히 미지수네요."

"해봐."

"일단 뚫린 마나홀을 막을 수 있는지 보겠습니다."

"…뚫린 마나홀을 막을 수 있어?"

"네. 해보고 성공하면 나중에 설명드리죠."

바늘 한 개만 들어 약물을 찍었다. 그리고 동쪽 부분을 뚫어지게 쳐다봤다.

가능할 것 같았다. 신중히 하나씩 찍었다. 그리고 10분이 넘게 찍어 무력화 마법진 모양으로 만들었다.

약한 빛이 난 후 마나홀이 막혔다.

"…음, 힘이 살짝 빠지는 것 같군."

"망가진 마나홀을 막았으니까요. 더욱 무기력해질 겁니다."

나머지 두 개도 빠르게 막았다.

"후우~ 일단 막기는 완료했습니다. 갑자기 마나가 끊겨 기절했군요. 이제 새로운 곳에 마나홀을……."

동서남북이 아닌 동북, 북서, 서남, 남동에 뚫으려고 하는데 거대한 기운을 가진 자들이 다가오고 있었다.

방 안에서 가장 먼저 알아챈 건 다다룽이었다. 아직 그의 수준에 이르지 못했다는 뜻.

"신경 쓰지 말고 해라. 삶의 마을 영주가 사람을 보낸 모양이다."

다다룽이 밖으로 나갔다.

"걱정 마라. 간혹……."

"힘! 자! 그럼 이제 마나홀을 뚫겠습니다."

카둥은 8서클이 얼마나 귀가 밝은지 모르는 모양이었다.

혹시 이상한 소리라도 할 것 같아 얼른 말을 막았다. 그리고 아무 말도 하지 말라고 눈짓을 보냈다.

다행히 알아들은 모양이다.

"이제 새겨도 되겠다. 얼른 해봐라."

"네, 뚫겠습니다."

눈은 누워 있는 데룽을 보고 있었지만 귀와 감각은 밖을 향하고 있었다.

"어서 오십시오. 광산의 부책임자 다다룽입니다."

"영지의 전사 모드랑이다."

"광산 이용료는 부족에서 이미 지불했다고 들었는데 잘못된 일이 있습니까?"

"아니다. 10일 전쯤에 발칸 제국 세 놈이 마을에 스며들었어. 그중 한 놈의 행방이 묘연해 찾고 있지. 혹시 수상한 자를 보았나?"

젠장! 두 사람이 잡혔나 보다.

식은땀이 솟았다.

지금 상태에서 말하면 백발백중 잡힌다. 어제 중단전까지 문신을 했어야 했는데 후회가 된다.

"마을에 숨어 있다면 모를까. 발칸 제국 놈이 이곳까지 올 수나 있겠습니까?"

"마을을 이 잡듯이 뒤지고 있는데 보이지 않아 혹시 광산으로 스며든 건 아닐까 해서 돌아보고 있다."

"…없습니다. 혹시 찾는 자가 있는지 한번 둘러보시겠습니까?"

"그러도록 하지. 저기 안에 세 명이 있는데 뭘 하고 있는 건가?"

"문신 마법을 시술 중입니다. 이번에 제법 솜씨 좋은 이가 있어 데려왔습니다."

다행히 다다룽은 나의 정체를 밝히지 않을 생각인가 보다.

놈들이 다가왔다. 그리고 문이 열렸다.

속으론 긴장하면서 열리는 순간 누워 있는 데룽의 마나홀을 찔렀다.

뚫어지게 쳐다보는 게 느껴졌다. 그에 시선을 느꼈다는 듯 고개를 들었다.

"거기 대머리, 넌 이름이 뭐냐?"

"…아둥입니다."

"훗! 대머리라 해서 기분이 나쁜가 보군. 몇 서클까지 문신을 새길 수 있지?"

"6서클까지 가능합니다."

"오호! 그리 나이가 많지 않은 것 같은데 제법이군. 혹시 상단전 마법 문신에 대해 관심이 있으면 영주님의 저택에 들러라."

"배려해 주셔서 감사드립니다."

"계속해."

수상해서 묻는 건지 문신을 새기는 것에 관심이 있어 묻는 건지 모르겠다.

'어차피 걸리면 방도가 없는데 겁낼 것이 어디 있어.'

난 세 군데를 더 찌른 후 땀을 닦는 척하며 여전히 바라보고 있는 8서클 마도사를 향해 말했다.

"저……."

"나 말이야?"

"예, 혹시 실례가 되지 않는다면 벗은 모습을 볼 수 있겠습니까?"

"닥쳐라, 아둥! 이분이 누군지 알고……."

"푸하하하핫! 괜찮네. 문신사라면 상단전 문신 마법을 보고 궁금해하는 것이 당연하지. 한데 말이다. 한 번 보고 알 수 있겠느냐?"

"그럴 리가요. 하지만 비밀을 조금이라도 엿볼 수 있을까 하고."

"후후! 시간이 될 때 마을에 오너라. 그땐 보여주도록 하마."

"약속하셨습니다."

"그래. 하하하핫! 에스징 마을에 인재가 나타났군. 황제 폐하께서 좋아하시겠어."

다행히 마도사는 좀 더 둘러보다가 다른 곳으로 갔는지 다다룽이 돌아왔다.

한데 그는 무척 화가 난 얼굴이었다.

"이 빌어먹을 놈이!"

그는 순식간에 다가왔다. 피할 수 있었지만 한 번 피한다고 될 일이 아니었기에 그대로 있었다.

다다룽은 내 목을 쥐곤 그대로 벽으로 밀었다.

쿵!

머리를 심하게 부딪쳤지만 참을 만했다.

"네놈이 지금 어떤 상황인지 알고 입을 놀리는 것이냐? 네놈이 들키면 베비링 님께서 다친다는 걸 생각도 못 한단 말이야!"

"…들키지 않기 위해 말한 것뿐입니다."

"이놈이 그래도!"

"내가 묻지 않았다면 그놈은 아직까지 절 지켜보고 있었을 겁니다."

워낙 강경하게 얘기하자 그는 당장 뻗을 것 같던 주먹을 부르르 떨며 설명을 요구했다.

"밖에서 하는 말을 들었습니다. 절 문신사로 소개하시더군요. 그래서 만약 내가 진짜 에스징 마을의 문신사라면 어떻게 행동했을까 생각했습니다."

"…문신사라면 상단전 마법 문신을 보면 그렇게 질문했을 거란 말이야?"

"네."

"…하루라도 빨리 카둥 님을 고쳐라. 그리고 얼른 사라져라. 알겠나?"

으득!

"그러죠."

다다룽은 목을 잡은 손을 풀어줬다.

'좀 더 서둘러야겠어.'

가급적 안정적으로 할 생각이었는데 두 사람이 붙잡혔다니 더 이상 머뭇거릴 수 없었다.

*　　　*　　　*

체력적인 문제로 데룽은 내일 본격적으로 문신 마법을 하기로 했다.

"지금부터 바로 할 테냐?"

나의 조급함을 느꼈는지 카둥이 문신을 해주겠다고 했다.

"아뇨. 오늘은 혼자 할 생각입니다."

"그러냐? 알았다. 난 베비링에게 가 있겠다."

별말 없이 자리를 비켜줬다.

정말이지 아무리 바빠도 카둥은 무조건 치료를 해줘야겠다는 생각이 들었다.

'일단은 내 수준부터 올리자.'

옷을 벗었다.

어제 할까 말까 했던 중단전을 중심으로 문신 마법을 할 차례였다. 혹시 모를 위험을 감수하기로 한 이상 머뭇거릴 이유는 없었다.

바늘을 들고 약물을 찍은 후 바로 문신을 새기기 시작했다.

중단전의 문신에도 마나홀 여덟 개를 뚫었다.

몸속에 있던 마나가 급속도로 스미어 나오며 하단전으로 흘렀다.

망설였던 이유는 중단전에서 흘러나오는 마나의 양이 어마어마하다는 거다. 그것이 하단전으로 흘러 들어가는데 몸이 버티지 못하면 '펑!' 하고 몸이 터져 버린다.

그래서 3서클의 통로까지 다 뚫어주고 천천히 하나씩 뚫어서 몸이 적응하도록 만들어야 하는데 무작정 뚫어버린 것이다.

"크윽!"

피부가 마치 홀러덩 벗겨지는 듯한 느낌이 들었다.

다행히 신체 재구성을 이루고 큰 통로를 뚫어놔서인지 고통은 계속 지속되진 않았다.

하단전 문신으로 내려간 마나는 이미 뚫어놓은 주요 자극 포인트를 따라 돌았고, 서서히 중단전의 문신 마법에 스며들었다.

그와 함께 지금까지 비루먹은 강아지처럼 느껴지던 힘이 어느 정도 돌아왔음을 깨달았다.

"6서클!"

물론 불완전하다. 이제 온몸에 바늘을 촘촘히 꽂아 넣어야 하는 시기다.

투명 물약이 있어서 다행이지, 아니었으면 온몸이 새까맣게 될 뻔했다.

길을 뚫기 전에 먼저 시험해 볼 것이 있었다.

바로 암흑 계열 마법인 투명 손.

8서클일 때와 비교도 안 되게 조작하기가 불편했다. 의지만으로 움직이는 것을 일일이 조종해 줘야 하니 당연했다. 그러나 6서클 없이 넘어간 것은 아니었기에 금세 불편함에 익숙해졌다.

바늘과 약물이 담긴 병이 둥실 떠올랐다. 그리고 등 뒤로가 문신을 했다.

카둥이 필요 없는 이유였다.

얼마나 지났을까. 온몸 구석구석을 바늘로 찌르고 있는데 문이 열리며 카둥이 들어왔다.

"저녁 먹고 해라."

그는 들고 있던 식판을 놓고 감사하다는 말을 하기도 전에 나가 버렸다.

"후우~ 먹고 하자."

바늘로 지르는 고통이 칼에 베이는 것보다 덜하다고 하지만 지속되면 묘하게 사람의 신경을 건드리는 게 있었다.

배를 채우고 나니 신경이 좀 가라앉는 것 같았다.

나는 다시 시간이 가는 줄도 모르고 문신을 했다.

마보세로 보는 내 몸은 점점 빛 덩어리로 바뀌어갔다. 그리고 예전 6서클보다 강한 힘을 얻었다.

이제 다다룽이나 베비링도 충분히 이길 수 있는 수준이었다.

'오늘 끝을 본다.'

상단전의 문신을 그려 넣고 목부터 얼굴 전체의 자극 포인트와 연결만 하면 끝이다.

근데 상단전부터는 마하트의 문신사에게 산 책에도 나와 있지 않은 영역이었다.

'먼저 주변 포인트부터 활성화시킨다.'

중단전을 뚫으면서 깨달은 건 솟아오른 마나가 지류 곳곳까지 벗어나면 고통이 덜하다는 점이었다.

책과는 반대되는 생각이었다. 그러나 중단전과는 비교도 안 되는 마나가 솟을 거라 예상되었기에 사통팔달로 다 뚫어 놓는 게 나을 것 같았다.

"후우~"

얼굴 구석구석까지 포인트를 활성화시켜 두고 마지막 상단전의 원 문신만 남았다.

열 개의 바늘로 문신용 바늘을 새롭게 만들어 미간을 중심으로 천천히 새겨갔다.

원의 크기를 본다면 상단전의 원이 제일 작다. 그러나 무시할 수 없는 마나가 터져 나올 것 같아 구멍을 뚫는 게 겁이 날 정도였다.

그래도 일단 원을 다 그렸다. 그리고 바늘 일곱 개를 빼내고 세 개만 남겼다.

'가자, 아우스!'

침대에 누워 동서남북, 동북, 북서, 서남, 남동을 차례차례 찔러 활성화시켰다.

몽글몽글 솟아오르는 마나. 그러나 그것도 잠시, 어마어마한 양의 마나가 솟았다.

8서클 마도사가 마법을 쓸 때처럼 하얗게 빛났다. 그리고 마나는 거센 물줄기가 되어 중단전으로 내려갔다.

"으… 으……!"

뭔가 잘못됐다. 고통을 예상하고 이를 악물고 있었지만 잇새로 신음이 흘러나올 정도였다.

콰직! 콰직!

침대의 양끝을 잡자마자 잡자 단숨에 부서져 버렸다.

"……!!!"

이미 몸을 한 바퀴 돌았는데 중단전 때와 달리 얌전해질 생각 없이 더욱 거칠어졌다. 그에 따라 고통은 배가 되었다.

'뭐지? 뭐가 잘못됐지? 생각해 내, 아우스!'

점점 새하얗게 변해가고 몸은 마치 산산조각 날 것처럼 부풀어 올랐다.

'모두 여덟 개씩 뚫었는데……! 9개씩!'

나중에 뚫어야지 하고 놔둔 원 중심부의 마나홀.

눈을 떴다. 피눈물이 나는 모양인지 온 세상이 붉었다. 나는 개의치 않고 바늘을 찾았다.

손에 들고 있던 바늘은 아까 침대를 움켜쥘 때 없어졌다.

찾았다!

약물에 꽂혀 있는 바늘이 보였다. 아까 데롱에게 썼던 바늘이다.

제대로 제어가 되지 않는 마나를 움직였다.

움찔움찔!

'제발!'

이제 눈도 보이지 않았다. 머릿속이 새하얗게 변하는 순간, 간절함이 닿았다.

푸푸푹!

셋으로 나누어진 바늘이 단전의 하단전, 중단전, 상단전에 그려진 원의 중심에 꽂혔다.

미친 듯이 돌며 힘을 더해가던 마나가 중심 마나홀이 생기자 그 속으로 모여들었다. 그리고 회오리처럼 돌며 응축시켰다.

'…사, 살았……'

안도의 한숨을 내쉬기도 전에 나는 정신을 잃었다.

＊　　　＊　　　＊

'…6서클 둘, 3서클 하나.'

약간의 살기에 반응해 눈을 떴다.

"하아~ 이 얼마 만에 느끼는 상쾌함이냐."

고작 2주도 되지 않았다는 게 믿어지지 않았다.

뜨거운 열기도, 황 냄새 가득한 후덥지근한 공기도 아무렇지도 않게 느껴졌다.

몸엔 힘이 넘치고 내부, 외부 할 것 없이 온몸이 마나가 된 듯 가뿐하다.

확장된 감각으로 마루의 제단 전역이 느껴지는 것조차 흥겨울 지경이었다.

커다란 물방울을 만들어 간만에 제대로 된 목욕까지 하고 나니 거칠게 문이 열렸다.

쾅!

"빌어먹을 자식! 카둥 님을 고치라고 했더니 자신의 문신만 새기고 있다니!"

다다룽은 단숨에 달려와 어제처럼 내 목을 잡으려 했다. 그러나 그의 행동은 내게 절반도 다가오지 못하고 저지당했다.

오히려 공중에 떠서 꿈쩍도 하지 못했다.

"이… 이건!"

다다룽이 당한다고 생각해서일까, 베비링이 마법을 사용하려 했다.

"디스펠! 자자, 일단 진정하고 대화로 해결하죠."

"…다시 힘을 찾았군, 아우스."

"네, 카둥 님."

힘을 되찾았다고 카둥을 무시할 생각은 없었다.

현재 힘을 찾은 건 전적으로 그의 덕분이었다.

다다룽이 진정된 것 같아 풀어줬다.

"상단전 문신 마법을 성공한 건가? 아님 힘을 찾는 방법을 찾은 건가?"

"문신 마법이 성공했습니다. 한데 느낌상 예전의 힘과 합쳐진 것 같습니다."

"축하해. 아니, 이젠 말을 함부로 할 수 없겠군요."

"카둥 님도 참, 그러지 마십시오. 절 은혜도 모르는 놈으로 만들지 마십시오."

"하하! 그런가? 근데 그게 본래 얼굴인가?"

"아! 역용술이 풀렸나 보군요. 어제 사실 거의 죽을 뻔했거든요."

얼음을 이용해 거울을 만들어 살펴보니 머리카락마저 덥수룩하게 자란 상태였다.

"실물이 훨씬 낫군."

"감사합니다. 힘을 찾은 이상 함께 온 사람들을 위해서 빨리 가봐야 합니다. 하지만 그 전에 은혜는 갚았으면 합니다."

"치료를 해주겠다는 건가?"

"네. 그리고 원한다면 부족 전사들의 문신 마법까지 새겨 드리겠습니다."

"…상단전 문신 마법도 가능하느냐?"

베비링 역시 전사인가 보다.

"현재 6서클인 사람만 가능합니다. 마나가 부족한 사람의 경우 마나홀을 뚫는 순간 죽을 겁니다."

"혹시… 다다룽도 가능하겠나?"

"훗! 그리 꽁한 사람은 아닙니다. 자! 서둘러 주십시오. 카 둥 님의 치료가 끝나는 순간 전 떠날 겁니다. 그리고 노예 중 401은 풀어주십시오."

"약속한 일이니 당연히 그래야지. 다다룽, 일하러 간 전사 들 다 들어오라고 해."

"예!"

베비링의 명령에 다다룽은 밖으로 나갔다.

"일단 베비링 님부터 카둥 님의 방으로 가서 옷을 벗어주십 시오. 혹시 꺼려지면 나중에……."

"상관없다."

베비링은 무뚝뚝하게 말하고 방으로 들어가더니 옷을 훌훌 벗었다.

"베비링은 차기 부족장으로 많은 걸 희생하고 있어. 부디 잘 부탁해."

"네. 얼굴 부위니 투명 약물로 시술을 하겠습니다."

바늘과 약물이 공중에서 춤을 추기 시작했다.

                    *   *   *

"크아아아아아~"

지하 감옥을 쩌렁쩌렁 울리는 비명 소리.

비명 소리의 주인은 피범벅이 된 채 온몸 구석구석에 고문 도구를 꽂고 있는 테린 백작이었다.

내부의 마나가 사라진 것이 아니어서 자연 치유 능력은 여전히 좋았는데 지금은 그 치유 능력이 그를 더 고통스럽게 만들고 있었다.

그랜드 마스터의 경지에 오른 그도 마나가 움직이지 않은 상태에선 아프면 소리를 치는 일반인에 불과했다.

"쯧! 괴물 같은 놈!"

얼굴 가득한 문신 때문에 오히려 더 괴물같이 보이는 고문 기술자는 혀를 차며 테린 백작의 상처를 봤다.

방금 후벼 판 어깨가 서서히 치유되고 있었다.

고문 과정을 지켜보던 베르딘은 고문 기술자에게 기뻐할 만한 얘길 해주었다.

"치유되는 것이 서서히 늦어지는 걸 보면 곧 내부의 마나도 떨어질 거야. 그땐 손맛이 꽤 될 거야."

"큭! 그 전에 제가 나가떨어지겠습니다요. 오늘만 벌써 6시간쨉니다."

"고문 기술자라는 자가……."

베르딘은 고문 기술자가 마음에 들지 않았다. 그러나 자신의 부하도 아니었기에 화를 낼 수는 없었다.

품에 있는 금화 몇 개를 던졌다.

"1시간쯤 얘기하고 있을 테니 가서 술이나 한잔하고 오게."

"헤헤! 알겠습니다요."

"참! 근데 마지막 한 놈은 아직인가?"

잡아달라고 얘기한 지 내일이면 일주일째였다.

"저야 잘 모릅죠. 듣기론 모두 열심히 찾고 있다고 합니다."

"알았다."

여기 오고 나서 도대체 되는 일이 없다.

황녀는 여전히 말을 듣지 않았고, 황제 역시 황녀를 데리고 협박을 하고 있는데 묵묵부답이다.

거기에 마나까지 사용할 수 없는 상태라 짜증이 더해지니 점점 화가 쌓인다.

"이봐, 테린 백작."

"…으, …또 왔나? 베르딘."

"쯧! 그렇게 고문을 당하고도 버릇이 고쳐지지 않는 걸 보니 죽기 전엔 불가능하겠군."

"…크크크, 윽! 맞아. 아무리 고문해도 내 입에선 나올 게 없어. 아우스 찾아."

"마지막 기회다. 알고 있는 것을 다 말해라."

"알고 있어도 말해주지 않아, 네놈에겐."

"하아~ 제국에 이상이 생긴다고 해서 그래볼까 했는데 이젠 포기해야겠군. 거짓말에 장단 맞춰주는 것도 이젠 지쳤거든. 오늘 입을 열지 않으면 내일 널 조각조각 내버릴 거야. 또한 미헬라 그 계집도 철저하게 망가뜨려 이곳 야만인 놈들에게 던져줄 거고. 흥! 황제? 그 늙은이에게 조각난 너와 더럽혀진 미헬라를 보여주면 어떤 표정을 지을지 궁금하군."

"큭큭! 그래, 그 더러움이 너의 본성이야. 애초에 뮬터 공작가의 씨가 어디 가겠나?"

으득!

"입은 여전하군. 좋아, 네놈 집안은 건드릴 생각이 없었는데 아주 멸문시켜 달라고 발악을 하는군. 네놈 가문의 여자들은 모두 성노예가 될 것이고, 남자들은 광산 노예가 될 것이다."

"나 역시 지금 네놈이 한 말 기억하지. 네놈 집안 역시 그렇게 해줄게."

베르딘은 도저히 참을 수가 없었다.

어차피 죽을 것임을 알기에 하는 행동이겠지만 더 이상은 짜증이 나서 얼굴을 볼 수가 없었다.

일단 팔다리를 자르고 나서 다시 얘기하기로 했다.

허리춤에서 뮬터 공작가의 검을 꺼냈다.

마나가 없어도 뼈를 갈대처럼 잘라 버릴 수 있는 보검이었다.

"일단 팔다리 하나씩을 자를 거다. 그 다음 다시 묻겠다. 한 번 헛소리를 할 때……."

베르딘이 테린에게 다가갈 때였다.

콰앙! 쿠우웅!!!

거대한 폭발음과 함께 지하 감옥이 흔들리며 무너질 정도의 충격파가 울려 퍼졌다.

그리고 잠시 후 쩌렁쩌렁 울리는 목소리가 들렸다.

"내가 너희들이 찾고 있는 아우스다! 다 덤벼, 이 새끼들아!"

*   *   *

카둥을 치료하는 데 이틀 걸렸다.

하단전 마나홀 중 하나만 빼고 다 막아버리고 어지러워진 자극 포인트 역시 막아버렸다. 그러곤 중단전을 활성화시켜 노력하면 6서클에 이를 수 있는 길을 열어뒀다.

6서클에 이르면 죽음의 대지에서 벗어나 마법을 익히라고 권했다. 그리고 만약 일반 마법과 문신 마법이 6서클에 이르면 그때 7서클에 도전하라고 했다.

가급적이면 그냥 6서클에 만족하고 살라는 얘기도 잊지 않았다.

마지막으로 카둥에게 4조 조장을 죽음의 대지 밖으로 보내 달라는 부탁을 하고 마루의 제단을 빠져나왔다.

플라이트를 이용해 단숨에 삶의 마을 영주의 저택으로 날 아갔다.

8서클 마도사가 우글거리지만 않는다면 제압할 자신이 넘 쳤다.

"누구냐? 멈춰라! 더 이상 다가오면……! 피, 피해!"

입구에서 말다툼하고 있을 마음 따윈 없었다.

거의 숨어 있는 동안 바늘로 온몸을 찌르다 보니 짜증이 늘어난 건지, 문신 마법 자체가 성격을 호전적으로 만든 건지 모르지만 단숨에 삼중첩 파이어 볼을 만들어 입구로 날렸다.

쿠웅! 푸와! 꽈아앙!

"내가 너희들이 찾고 있는 아우스다! 다 덤벼, 이 새끼들아!"

저택에서 다가오는 8서클 전사들은 내버려 두고 미헬라와 테린을 찾기 위해 감각을 확장했다.

'저쪽인가?'

저택 옆에 위치한 건물 지하에서 몸속 내부에 상당한 마나 를 지니고 있음에도 활성화가 되지 않는 두 사람이 있음을 발 견했다.

서 있는 사람이 무릎을 꿇고 있는 이에게 다가가는 모양새. 마나가 불안정해 확신할 수 없지만 무릎을 꿇고 있는 이가 테 린 같았다.

확신을 할 순 없었다.

왠지 두 사람의 기운이 익숙했기 때문이다.

'일단 저 둘을 갈라놔야겠군.'

이미 세 명의 전사가 마법을 캐스팅 중이었지만 급한 쪽은 테린이었다.

건물 주변의 나무뿌리에 마나를 주입했다. 그리고 뿌리를 키워 두 사람 사이를 막았다.

쾅! 쿵! 화악!

그 순간 세상이 흔들리면서 빙글빙글 돌았다. 연이은 공격까지 온몸으로 받고 성주의 저택 근처에 위치한 집에 처박혔다.

"…좀 아프네. 근데 충분히 버틸 만한데."

뚫린 벽으로 나가자 세 명의 전사는 다시 마법을 준비 중이었다. 그러면서 궁금한 점이 있는지 마루의 제단에 찾아왔던 전사가 물었다.

"네놈이 어떻게 이곳에서 마법을 쓸 수 있는 거지?"

"그건 이기고 나서 물어봐. 중력장!"

다가오는 수십 개의 마법을 향해 중력장을 펼쳤다.

그리고 바로 중력장을 돌아 세 명을 향해 다가갔다.

차르르르륵!

한동안 잠자고 있었던 검들이 고르게 나누어져 셋에게 날아갔다.

하나하나 새파란 검강을 두른 채라 무시할 수 없을 것이다.

'마나를 훨씬 자유롭게 쓸 수 있게 되었어. 거기에 모든 걸 할 수 있을 것 같아.'

문신 마법으로 의치를 발하는지 일반 마법으로 의지를 발하는지 모르겠다. 다만 한 가지 확실한 건 과거보다 더 강해졌다는 점이다.

세 명이 캐스팅하는 마법이 어디서 시작하는지조차 깨끗하게 느껴졌다.

"디스펠!"

한 명이 캐스팅하던 마법을 취소시키고 움직이려는 위치로 검을 이동시켰다.

푹! 푸푹!

"컥……!!"

첫 번째 검이 그의 심장을 뚫었고, 두 번째 검과 세 번째 검이 머리를 꿰뚫었다.

"타이드앙!"

검을 쳐내던 눈 부위를 유독 검게 문신한 전사가 큰 소리로 죽은 이의 이름을 부르짖었다. 그러나 그런다고 달라질 것은 없었다.

"너희들의 안전이나 신경 쓰지그래."

"이놈! 네놈은 반드시 죽인다!"

으르렁거리듯 그는 도를 꺼내 빙글빙글 회전시켰다. 그리고 그 회오리 속에서 작은 도강이 튀어나와 나에게 날아왔다.

하나에서 둘로, 둘에서 넷으로, 넷에서 여덟로······.

검강을 씌운 검으로 쳐내도 빙글 돌아 다시 돌아왔다. 천지가 도강으로 채워지는 듯한 착각이 들 만큼 수많은 도강이 다가왔다.

슥슥!

대부분 쳐냈지만 하나둘씩 놓치는 게 생겼다. 그때마다 살이 갈라졌다.

하지만 딱히 위협적이지 못했다.

"신기한 수법이긴 한데······."

그와 나 사이에 길이 보였다. 그냥 검을 뻗으면 닿을 것 같았다.

마음이 가는 대로 그냥 슥 찔렀다.

쨍!

마치 유리창이 깨지는 듯한 소리가 들리며 주변의 도강들이 사라졌고, 도를 돌리고 있던 전사는 가슴이 뚫린 채 서서히 쓰러지고 있었다.

"이, 이······!"

주위의 모든 마나가 꿈틀거렸다.

나름 비장의 한 수를 쓸 작정인 모양이다.

내 주변에 날고 있던 검 중 하나가 사라졌다. 그리고 다시 나타났을 땐 그의 가슴에 꽂혀 있었다.

"···무, 무슨 수법이······."

마지막 남은 전사는 마치 못 볼 것이라도 본 것처럼 말을 제대로 잇지 못했다.

"방금한 수법? 나도 몰라. 그냥 할 수 있을 것 같아 한 것뿐이야."

"큭! …설마 9서클이냐?"

"9서클? 아니, 아직은 8서클이야. 거의 끝부분에 다 닿은 것 같은데 아직 손에 잡히진 않네. 자! 친절한 답변을 해줬으니 너도 말해줘야겠다. 미헬라 황녀는 어디에 있나?"

"…모른다. 다만… 영주의 저택에 가면… 너처럼 강자와 싸, 싸우게 되다니 영광……."

털썩!

그는 말을 끝내지 못하고 쓰러졌다.

"쯧, 영광은 개뿔… 죽으면 그냥 끝이야, 이 답답한 양반아. 나처럼 다시 살아난다면 모를까."

검을 회수하고 테린이 있는 지하로 향했다.

더 이상 내 앞길을 막는 멍청한 인간은 없었다.

나무뿌리가 막고 있는 곳까지 들어갔다. 대치하고 있던 이는 뿌리를 자르려다가 힘들다고 판단했는지 사라진 상태였다.

뿌리가 살아 있는 듯 움직이며 벌어졌다.

양팔, 양다리가 묶인 채 온몸 구석구석 고문 도구를 꽂고 있는 테린이 보였다.

"뭔 장식품을 그렇게 요란하게 하고 계십니까?"

"웬 무섭게 생긴 놈이 이렇게 꾸며주더군."

"남자한테도 사랑받고 인기 좋으시네요. 리커버리!"

팔과 다리를 자유롭게 해주고 고문 도구를 뽑았다. 그리고 피가 솟구치기 전에 치료를 해주었다.

"크윽! 손이 거칠군."

"거친 남자를 좋아하는 거 아니었습니까? 그나저나 움직일 수 있겠습니까?"

"물론, 이 정도쯤이야."

그는 꽤 위태위태하게 일어나 걸었다. 그리고 상태가 점점 좋아졌다.

막 위로 올라가려는데 웬 문신 가득한 남자가 서둘러 내려왔다.

"어……? 어……!"

남자는 꽤 당황했는지 제대로 말도 하지 못하고 나와 테린을 번갈아 봤다.

"누굽니까?"

"날 치장해 준 놈. 혹시 검 있으면 빌려주겠나? 받은 만큼 돌려줘야 하지 않겠나?"

난 두말하지 않고 그에게 검을 건넸고 테린은 단번에 그의 목을 날려 버렸다.

"참, 두 사람 모두 독한 사랑하네요."

"독한 사랑의 마무리는 항상 이렇지. 근데 마법을 되찾은 것 같은데 방법을 찾은 건가?"

그는 방법을 알아냈으면 자신 역시 풀어달라는 표정을 지었다.

"바늘로 온몸을 며칠 동안 찌르고 죽을 고비 한 번만 넘기면 가능할 겁니다."

"…됐네. 천천히 생각하지."

지하를 빠져나온 난 저택으로 갔다.

"멈춰라! 여긴……!"

퍼벅!

문을 지키고 있던 두 사람은 멀찍이 날아가 땅에 처박혔다.

"아무래도 영주라는 놈은 도망간 것 같군요. 혹시 그들이 어디에 있는지 들은 거라도 있습니까?"

"아니, 한데 베르딘 그 작자가 황제 폐하와 함께 있다더군."

"아! 아까 같이 있던 자가 베르딘 남작이었습니까? 어쩐지 기운이 익숙하더라니."

"맞아. 베르딘을 알고 있나?"

"예전 광산 노예였을 때 본 적이 있었습니다. 제 발가락을 동상 걸리게 할 뻔했죠."

"응?"

"아닙니다. 그냥 과거를 잠깐 떠올려 봤습니다."

저택에 남은 자들은 5서클 이하의 약한 자들뿐이었다. 손짓 몇 번으로 벽에 박히게 하고 기절시켜 버리자 더 이상 덤

벼들지 않았다.

"이봐요, 거기 아가씨. 영주의 방은 어딥니까?"

벌벌 떨고 있는 여자에게 묻자 손가락으로 겨우 가리켰다.

"고마워요."

여자가 가리킨 방은 화려하기 그지없었다.

다만 급하게 떠났는지 약간 어지럽혀져 있었다.

"이 마법진으로 이동한 것 같은데."

테린은 방 한구석에 있는 마법진을 보고 말했다.

"여전히 활성화되어 있는 걸 보면 쫓아갈 수 있을 것 같은데."

"함정입니다. 이곳에서 쓰는 텔레포트 마법진은 물건만 이동이 가능합니다."

"어떻게 알았나?"

"제가 잠시 몸을 숨기고 있던 곳에서 말해주더군요."

물이야 마법으로 만든다고 해도 노예와 전사들이 먹는 식량은 어디서 구하나 했더니 베비링의 방에 있는 마법진을 이용한다고 카둥이 설명해 줬다.

그리고 내가 허튼짓을 할까 마법진으로 마나가 있는 인간의 이동은 불가능하다고 덧붙였다.

"그 말은?"

"이곳에 통로가 있다는 말이죠. 꽤 잘 숨겼지만 제 능력을 너무 무시한 것 같습니다."

손을 들자 '쿵쿵!' 하는 소리와 함께 두 개의 벽과 바닥이 무너졌다.

좌르르르르르르르륵! 뭉실뭉실!

한쪽 벽에서는 독무가, 다른 한쪽 벽에선 금화가 쏟아져 나왔다.

"인페르노!"

독무가 나오는 곳을 마나로 막고 거기에 인페르노 마법을 펼쳐 독무를 아예 태워 버렸다.

피해 있던 테린은 독무가 사라지자 바닥 쪽으로 갔다.

슉슉슉!

갑자기 튀어나오는 각종 암기들. 그러나 그의 몸은 쉘로 덮여 있었다.

"고마워."

"장식하는 게 취미가 아니라면 조심하세요."

"쩝! 마나를 외부로 못 내뿜으니 완전 바보가 된 기분이야."

"저도 그 기분 잘 압니다."

"얼른 앞장서게. 베르딘 그자가 무슨 짓을 할지 몰라. 내가 제국이 망할 거라고 얘기는 해둬서 쉽사리 움직이진 않겠지만 아까는 당장 죽일 기세였어."

"잠깐만요. 챙길 건 챙겨야죠."

금화가 떠오르며 아공간 지갑과 가방으로 들어갔다. 얼마나 많은지 꽉 찰 때까지 넣었지만 절반쯤 남아 있었다.

"…이런 상황에 돈 욕심이 나나?"

"돈은 언제 어디서든 필요합니다. 돈이 없었다면 마하트에서 거지처럼 지냈을 테고. 오늘의 저도 없었을 겁니다. 뭐, 흑탑의 계획이 성공하면 어떻게 될지 모르지만요. 막아도 거지면 무슨 의미가 있습니까?"

"……."

맞는 소리라고 생각하는지 테린은 입을 닫았다.

가방에 있는 물건 중 필요 없다고 생각되는 것들은 다 빼버리고 금화를 더 채웠다.

4분의 1쯤 남았지만 깔끔하게 포기하기로 했다.

"이제 다 챙겼으니 가죠. 무슨 함정이 있을지 모르니 제게 업히십시오."

"사양하지 않겠네."

테린은 주저하지 않고 업혔다.

바닥으로 난 계단에 발을 디뎠다.

티디디디딩! 티딩!

조잡한 함정이 쉘을 두드렸다. 모든 걸 무시하고 빠르게 아래로 내려갔다.

계단은 상당히 길었다.

'어라! 이 데자뷔 같은 상황은 뭐지?'

긴 계단, 두 번이나 겪었다. 한 번은 샹카에서 또 한 번은 얼음의 성에서.

'우연이겠지.'

워낙 빠른 속도로 내려와서인지 앞에 계단의 끝이 보였다.

계단을 내려가자 길게 뻗은 복도가 보였다. 그리고 그 복도 끝엔 벽이 기다리고 있었다.

'설마 아닐 거야. 양옆에 피트의 장난도 없잖아.'

얼음의 성과 너무 비슷한 느낌이라 피트를 떠올렸다. 그러나 양옆의 벽은 그냥 평범한 현무암으로 된 벽이었다.

"저 문 너머에 놈들이 기다리고 있을지 모르니 조심하게."

"걱정 마십시오. 놈들이 설령 기다리고 있다고 해도 8서클 마도사들이 많지 않은 이상 문제가 없을 겁니다. 다만……."

"다른 걱정이라도 있나?"

"아닙니다. 그냥 약간 불안해서."

솔직히 있다.

저 문을 열었을 때 얼음의 성과 같은 이상한 미로 따위가 보일 것 같은 예감이 들었다.

다행히 문엔 별다른 장치가 없었다.

어느 때보다 긴장을 하며 다가갔다. 어느 정도 가까워지자 '그릉!' 하는 소리와 함께 문이 옆으로 열렸다.

그리고 보이는 광경.

"…개 같은 아라, 마루, 피트!"

욕이 튀어나왔다.

개미굴이 수없이 뚫려 있는데 바닥은 용암이다.

지상에 있었다면 꼬맹이들의 놀이터로 쓰면 딱일 것 같다.

한 번 들어간 꼬맹이는 절대로 개미굴 속에서 나오지 못하겠지만 말이다.

"아무래도 나는 짐이 될 것 같군."

그나마 다행이라면 테린이 상황을 파악했다는 점이다.

"죽음의 대지 밖에 나가 계시겠습니까?"

"그러지."

"데려다 드리죠."

테린을 데리고 다시 저택 위로 올라왔다. 그리고 돈과 여러 가지 음식을 챙겨서 죽음의 대지 출구 쪽으로 갔다.

이미 알려졌는지 막는 사람은 없었다.

밖으로 나오자 테린은 마나를 쓸 수 있게 되었는지 두 손에 수강을 만들며 주먹을 꽉 쥐었다.

"휴우~ 산이라도 하나 부숴 버리고 싶어지는 기분이 드는군."

"하하! 저도 마법을 다시 쓸 수 있게 되었을 때 그 기분이었습니다. 아무튼 어디에 계시겠습니까?"

"마하트의 처음 묵었던 여관에 있겠네."

"그럼 텔레포트로 근처로 보내 드리죠."

"됐네. 지금은 온 힘을 다해 달리고 싶어. 대신 두 분을 꼭 구해주게."

"노력하겠습니다. 그럼."

연인도 아닌데 길게 얘기할 이유는 없었다.

그를 두고 바로 용암 놀이터(?)가 있는 곳으로 돌아갔다. 닫혀 있던 문은 가까이 가자 다시 열렸다.

문을 넘어서자 후끈한 열기가 느껴졌다.

한쪽 옆에 마법진이 있었지만 이용할 수 없었다.

"기대도 안 했다."

마법진을 보고 중얼거린 후 수많은 개미굴 안으로 들어갔다.

"화끈하군. 쉘!"

몸이 녹아내릴 것 같아 쉘을 둘렀다. 아무리 8서클 마도사라도 이곳에서 헤매면 죽을 것 같았다.

꼬불꼬불 아무렇게나 뚫려 있는 구멍을 확장된 감각을 이용해 가급적 전진한다는 기분으로 나아갔다.

열기만 없다면 얼음 성의 미로보단 나은 것 같았다.

한참 나아갈 때였다.

풍! 풍!

밑의 용암에서 공기 방울이 올라왔다 터지며 이상한 소리를 냈다. 아까부터 계속 그런 모습을 봤기에 대수롭지 않게 생각하고 지나가려는데 갑자기 용암이 솟구치며 몸을 덮쳤다.

키에에에엑!

웜의 새끼처럼 생긴 노르스름한 몬스터였다.

놈은 수많은 이빨로 까득까득 소리가 날 만큼 열심히 쉘을 물어뜯고 있었다.

"깜짝이야. 너랑 놀아줄 생각 없으니 저리 꺼져라."

놈의 이빨에 쉘이 점점 녹아가는 모습에 놀라면서도 무시하면 된다고 생각해 놈을 떨쳐내고 나아갔다.

한데 얼마 지나지 않아 이 놀이터의 주인이 노르스름한 몬스터임을 알게 됐다.

키에에에에! 가가가가가각!

바닥에서 튀어나와 뒤를 쫓는 몬스터들.

점점 수가 많아지더니 이젠 앞을 막는 놈들도 점점 늘어나면서 떨쳐내기도 힘들다.

결국 가각거리며 다가오는 모습에 짜증이 났다.

검 한 자루를 뽑아 검강으로 둘렀다. 그리고 직선으로 발사시켰다.

용암에 살고 쉘을 녹일 만큼 대단한 이빨을 가지고 있다지만 검강에 무사할 만큼 대단하지 않았다.

검강에 뚫린 몬스터들은 원래 용암이었다는 듯 노란 쇳물처럼 아래로 떨어졌다.

하지만 끝이 없었다.

온 바닥이 다 용암 몬스터로 되어 있는지 끊임없이 몰려왔다.

앞을 가로막는 놈만 잡으며 꾸역꾸역 끝까지 왔는데 거대한 벽밖에 없었다.

"얼음 성보다 덜 힘들다는 건 취소다."

의지를 일으켰다.

보이지 않지만 여러 곳에 태양처럼 이글거리는 거대한 파이어 볼을 만들었다. 워낙 열기가 많은 곳이라 순식간에 그 크기를 더해갔다.

"붐!"

쿠웅! 쿠웅! 쿠웅! 쿠웅!

연속적으로 땅이 흔들리는 소리와 함께 용암 몬스터들의 놀이터가 무너져 내렸다.

내가 사용한 마법의 후폭풍을 막으려 쉘을 둘러야 했다. 그러나 폭발의 기운이 사라진 후의 모습은 만족스러웠다.

거대한 공동이라도 생긴 듯 개미굴의 일부가 사라져 버렸다.

"다 없애 버려도 길이 안 나오는지 보자."

몸을 날려 또 한 부분을 날리기 위해 마나를 모을 때였다.

푸왁! 푸왁!

바닥에 있던 용암이 솟구치기 시작했다.

"뭐야!"

용암 몬스터가 미쳐 날뛰나 했는데 아니었다. 용암들이 솟구치면서 서서히 굳어갔다. 그리고 차츰 없애 버렸던 개미굴을 다시 만들었다.

"…용암 속에 길이 있는 건가?"

죽여도 계속 나오는 용암을 닮은 몬스터. 개미굴을 없애면 살아 있는 듯 다시 만들어내는 용암.

답은 용암이었다.

"용암에 다이빙하는 날이 올 줄이야."

쉘을 이중으로 만들었다. 그리고 그대로 용암 안으로 들어 갔다.

뿌득뿌득! 원래 그런 건지 아님 이 용암이 공격을 하는 건 지 쉘에 압력이 가해지며 괴상한 소리를 냈다.

시야는? 사방이 노랗고 하얀 용암밖에 없다.

지금까지 용암 내부를 살펴볼 생각은 없었기에 못 본 거지 마보세는 어디든 구분해서 볼 수 있다.

감각을 확장하자 용암 속에 두 곳의 길이 있었다.

'좌측일까? 우측일까?'

느낌은 좌측이다. 하지만 나의 재수 없음을 생각한다면 우 측이 정답 같기도 하다.

결국 처음 느낌을 따르기로 했다.

우측으로 한참을 떠내려가듯 전진했다.

쉘 중 하나가 견디지 못하고 깨졌지만 금세 내부에 다시 하 나를 만들어 이중 쉘을 유지했다.

쉘이 깨지고 10분 정도 더 가자 길이 점점 좁아지면서 올라 가는 길이 보였다.

그대로 올라가자 용암 밖이었다.

거대한 굴이었는데 끝엔 황궁의 문처럼 거대한 철문이 보였 다.

문 쪽으로 몸을 날렸다.

"여기가 아닌가?"

멀리 있을 땐 몰랐는데 문은 사람들이 오고 갈 만큼 뚫려 있었다.

문 옆에 이끼가 낀 것을 보고 쉘을 없앴다. 시원하진 않지만 일반인도 버틸 만큼 열기는 없었다.

혹시나 싶어 안으로 들어갔다.

바로 계단이었다. 라이트를 만들어 밝게 한 후 바닥을 살피니 딱히 사람이 오간 흔적은 보이지 않았다.

"하긴, 여기까지 올 수 있는 인간이 얼마나 되겠어."

몇 번 꺾긴 했지만 복도는 꾸준히 위로 향하고 있었다. 곳곳에 싸움의 흔적이 보이긴 했지만 과거에 누가 싸웠는지는 중요하지 않았다.

어느 정도 올라가자 빛이 필요 없을 만큼 밝아졌다.

"우와!"

그리고 계단 끝에 도착했을 때 샹카에서 봤던 거대한 공동이 나타났다.

물론 공동의 크기 때문에 놀란 건 아니었다. 공동의 벽에 박힌 빛나는 마나석을 보고 놀란 것이다.

"이게 다 얼마어치나 될까?"

마나맥도 곳곳에 있었고 드문드문 블루 마나석마저 보였다.

"오랜만에 먹어보네."

마나지를 마신 후 딱히 마나석이나 블루 마나석을 먹고 싶다는 생각이 없었다.

한데 오랜만에 블루 마나석을 보니 살짝 침이 고였다. 그래서 수강을 두르고 파서 입에 넣었다.

"맛있다!"

추억으로 먹는 블루 마나석이랄까.

눈에 보이는 건 파거나 따냈다. 금화를 버리고 대신 그 자리를 블루 마나석으로 채웠다.

"그나저나 이곳은 뭐 하는 곳이었을까?"

공동을 한쪽 끝에 거대한 돌 더미가 쌓여 있어 가보았다.

커다란 바위라고 생각했던 것이 사람 얼굴 형태를 하고 있고, 부서진 바위들이 얼핏얼핏 정교하게 조각되어 있는 것이 과거 거대한 석상이었음을 알 수 있었다.

"네가 마루냐?"

악마의 신처럼 보이기보단 제국의 황제처럼 장엄해 보이는 얼굴이다.

석상이 얘기를 해도 놀라지 않을 자신이 있었는데 목이 부러지며 죽은 건지 입을 꾹 다물고 있었다.

좀 더 살펴보니 거대한 직사각형의 단(壇)이 보였다.

"설마 여기가 마루의 제단 아냐? 그럼 저 위가 내가 있었던 광산인 건가?"

스스로의 상상력에 고개를 끄덕여 주고 단의 뒤로 가자 살짝 열린 문을 볼 수 있었다.

얼핏 보니 아라가 누워 있던 것과 비슷해 보이는 관이 보였다.

"설마……."

문을 힘으로 열고 안으로 들어갔다. 관은 있었지만 부서져 있었고 시체는 없었다.

"양심도 없네. 아라처럼 9서클에 이르는 깨달음을 남겨놓아야 하는 거 아니냐? 쳇! 악마가 괜히 악마겠어."

뭐라도 있을까 방 구석구석을 살펴보는데 구석진 곳에 만지면 가루가 될 것 같은 해골과 피로 쓴 듯한 단어가 적혀 있었다.

'악마는'이라는 글로 해골이 죽기 전에 쓴 유서인 모양이었다.

"쯧쯧! 악마한테 당한 모양인데 그자도 이젠 죽었으니 편히 눈감으쇼."

잠깐 눈길을 주고 돌아서려는데 반짝이는 게 보였다.

뭔가 싶어 뼈를 치우고 보니 손바닥만 한 번쩍이는 금속판이다.

뼈가 삭을 정도로 오랜 시간 있었음에도 멀쩡하다니, 꽤 좋은 금속인가 보다.

혹시나 싶어 그것을 챙기고 방에서 나왔다.

이곳은 마나석을 빼곤 딱히 볼 것이 없었다.

언젠가 마나석이 필요할 때 한번 와보자는 생각을 하곤 제단을 빠져나와 다시 용암으로 몸을 던졌다.

아까 우측, 좌측을 고민했던 곳에서 우측으로 들어갔다. 10분 정도 가다 보니 샛길처럼 비스듬히 올라가는 길이 보였다. 방향을 그쪽으로 잡았다.

아까 제단처럼 비슷하게 올라가더니 용암에서 빠져나왔다. 마치 데자뷔처럼 거대한 굴 끝에 문이 보였다.

똑같은 곳을 다시 왔나 착각이 들 정도였는데 다행히 뚫린 흔적이 없었다.

"뚫어야 하나?"

지키는 사람이 없는 게 마음에 걸렸지만 입구가 여기가 아닐 수도 있었다.

"파이어!"

멀리 떨어져서 화염 마법으로 문의 한쪽을 녹이려 했다. 한데 끄덕도 하지 않았다.

파이어를 가능한 중첩시켰지만 살짝 붉어질 뿐이다.

"하아~ 아까 그 문은 어떤 인간이 녹인 거야?"

혹시 약한 곳이 있나 싶어 문의 구석구석을 불로 지졌는데 청소만 해준 꼴이다.

결론적으로는 나쁘지 않았다.

깨끗하게 청소를 했더니 약간 다른 곳이 보였다.

뭔가를 댈 수 있는 구조. 아까 주운 금속 카드가 생각났다. 그래서 대보았다.

쿠쿵!

마법 카드인 모양이었다.

문은 잠시 머뭇거리더니 양옆으로 벌어졌다.

"쯧쯧! 거인족도 아니면서 문을 왜 이렇게 쓸데없이 크게 만들어놨어."

열리는 중에도 충분히 통과할 정도. 안으로 들어가자 넓은 공동 중앙에 피라미드 모양의 건물이 보였다.

"신이라는 것들도 취향이 제각각이군."

누군 얼음 성이고 누군 피라미드라니.

"그나저나 제대로 찾아왔네."

피라미드로 다가가자 마나의 기운이 느껴졌다.

입구가 어디 있는지 찾는데 피라미드의 한쪽이 열리며 몇 사람이 튀어나왔다.

문신을 한 전사들 그리고 검은 로브의 마도사들.

"어떻게 저쪽으로 들어왔지?"

검은 로브의 마도사가 물었다.

"길이 없어서 좀 돌아왔지. 근데 너희 흑탑 놈들도 참 대단해. 지난번 얼음 성도 차지하고 있더니 어떻게 이런 곳을 찾은 거야?"

"···얼음 성을 어떻게?"

"동료가 잡혀 있어서 구하러 갔다가 중력장을 쓰는 놈에게 거의 죽을 뻔했었지."

"···네가 팔 장로를 죽인 놈이구나!"

"아! 중력장을 쓰던 노인네가 팔 장로였나? 그럼 너희들도 장로겠네?"

검은 로브 세 사람은 모두 8서클 마도사였다.

"8서클 전사 셋을 죽였다고 해서 거짓말이라 생각했는데 팔 장로를 죽였다면 이해가 되는군."

"전사들이 팔 장로에 비하면 약하긴 하지. 근데 너희들로 되겠어? 다 불러. 참! 베르딘 남작도 있다던데 그는 안에 있나?"

"건방진 놈!"

"마지막으로 한 가지만 더. 여기가 흑탑의 본거지야?"

"직접 알아봐."

"미안, 궁금한 게 많아서. 그럼 바로 시작해 보……."

팡!

장로 중 한 명의 상단전이 빛남과 동시에 강한 충격이 몸으로 전해졌다.

훌훌 날아 뒤쪽으로 날아가는데 전사 둘이 바싹 붙으며 박도를 휘둘렀다.

수강을 둘러 도를 막았다. 그리고 그 순간 아공간 검갑에서 검이 튀어나오며 두 사람을 공격했다.

팡! 파바방! 팡! 팡!

내가 알게 된 수법과 비슷한 수법을 쓰는 자가 있나 보다.

속도가 인식하고 막는 게 불가능할 정도로 빠르다.

뽑은 검은 마나를 채 주입하기 전에 휘어지거나 부러져 날아가 버렸고 내 몸은 다시 대책 없이 뒤로 밀렸다. 단점이라면 빠른 대신 치명적이지 않다는 것.

저서클에게는 악몽과 같은 기술이지만 나에겐 그저 곤란한 정도일 뿐이다.

'인식과 의지의 속도를 맞추면 막는 것도 어렵지 않고.'

말을 걸었던 장로의 상단전이 빛나는 순간 손을 휘저었다.

타다다다당!

수강을 두른 팔로 그의 마법을 모조리 쳐냈다.

"어떻게!"

"나도 그 정도는 할 수 있는데."

의지를 일으키는 순간 수십 개의 마법탄이 그에게 날아갔다.

타다다다다다당!

양옆에 있는 장로들도 놀고만 있진 않았다. 그들의 방어 마법에 내 마법 역시 무위로 돌아갔다.

난 미소를 잊지 않았다. 그리고 다 들리게 말했다.

"그보다 더 진보된 수법을 보여줄까?"

*　　　　*　　　　*

공간을 접는 수법은 굳이 검이 있어야만 가능할까?

아니다. 검이 빠르면 나 역시 그만큼 빠를 수 있다는 걸 이미 깨달았다.

즉, 검으로 가능하다면 내 손으로도 가능하다.

푸욱!

한참 뒤에서 전사들의 공격을 받던 나는 어느새 빠른 공격을 하는 장로의 뒤에 서서 그의 심장을 뚫어버렸다.

"컥……?!"

무엇을 말하려는 걸까. 그는 나를 돌아보며 입을 벙긋거리다 눈을 감았다.

"삼 장로!"

이번에 죽인 자가 삼 장로인가 보다.

양옆에 있는 두 장로의 공격을 막으며 앞에서 달려오는 두 전사의 심장을 향해 손을 뻗었다.

굉장히 기묘한 느낌이다.

손이 이곳에도, 두 전사가 있는 곳에도 존재하는 것처럼 느껴졌다.

"큭!"

"크아악!"

완벽한 기술 따윈 없나 보다.

한 명은 심장을 뚫었지만 다른 한 명은 피하면서 어깨를 뚫는 것으로 만족해야 했다.

'익숙해지면 피할 수 있는 기술이라는 거겠지. 다만 익숙해질 때까진 꿀을 빨면 되는 거고.'

금방 익숙해지는 이들은 없었다.

"…하아! 주, 죽여라."

마지막에 서 있는 이는 왼쪽 얼굴에 화상 자국이 있는 장년인 이었다. 그는 중단전과 하단전에 검을 꽂은 채 겨우 서 있었다.

"오크 똥밭에 굴러도 이승이 낫다는 말도 못 들어봤어? 약속할게. 협조해 주면 살려줄게."

"큭큭큭! 네놈이 아무리 발악을 해도 우리를 막지 못해. 계획은 이미 끝을 향해 달려가고 있어."

"무슨 계획? 수많은 목숨을 빼앗아 이미 죽은 과거의 마왕을 부활시키는 거 말인가?"

"……!"

"너희들이 처음으로 부활시킨 놈을 없앤 게 나야."

"마, 말도 안 돼. 그놈은 이미 차원의 틈으로……."

"차원의 틈으로 날 보낸 것도 너희들 계략이었냐?"

"……."

"짜증 나긴 하지만 이미 탈출했으니 넘어가도록 하자. 근데 정말 한 가지 궁금해서 그러는데 물어보자. 너희들이 소환시키려는 존재에 대해 알고 있나?"

"당연히!"

"설마 그들이 너희들의 말을 잘 듣는 꼭두각시라고 생각하는 건 아니겠지? 제발 아니라고 대답해 줘."

"우리와 함께 대륙을 정복할 존재다!"

"하아~ 이 미친놈들. 그들이 어떤 존재인지 모르고 소환을 하겠다고?"

"닥쳐라! 큭! 그들을 제어할 방법 따윈 이미 가지고 있다."

"그럼 그때 그놈은 왜 제어를 못 했는데?"

"그야 제물이 적당하지 못했으니까. 만족한 제물만 준비했다면 성공했을 것이다."

이놈들, 그냥 미친놈들이다.

도대체 어디에 뭘 적혀 있는 걸 보고 이렇게 확신을 하는지 모르겠다.

"말이 통할 거라 생각한 내가 병신이지. 마지막으로 묻겠다. 안내할 거냐? 말 거냐?"

"죽여……."

팍! 하는 소리와 함께 그의 이마에 구멍이 뚫렸다.

검을 회수한 후 그들이 나온 문으로 들어갔다. 어차피 이곳에는 사람이 꽤 많았다.

멋모르고 달려드는 다섯 명을 죽이지 않고 사로잡았다. 4, 5서클에 불과한 이들이었다.

"미헬라 황녀는?"

"모른……."

그대로 목을 날려 버렸다. 다음 사내에게 다가가자 그는 묻지도 않았는데 답을 했다.

"지, 지하에……."

"살려주지. 꺼져."

많은 것을 묻지 않았다. 세뇌를 당한 놈들에게 길게 물어봐야 소용없었다.

세 번째 마법사에게 물었다.

"황제는?"

"지하에 있습니다."

"좀 더 얘기해야지."

"내려가는 길에 두 명의 문지기가 있습니다."

한두 개의 질문에 대한 답을 듣고 모두 풀어줬다. 젊어서 그런지 목숨 귀한 줄 알았다.

살아난 네 명이 향한 곳은 모두 같은 곳이었다. 그리고 잠시 후 그들은 사라졌다.

'저쪽 방에 통로가 있나 보군.'

일단 기억해 두고 넷 중에 한 명이 말해준 길을 따라가자 과연 검은 로브를 입은 두 명의 마법사가 문을 지키고 있었다.

투명 손으로 한 방씩 때려 기절시킨 후 문을 열었다. 그곳에 방이 있었고 그 방의 한가운데에 아래로 내려가는 구멍이 보였다.

"지하에 또 지하가 있냐? 다들 두더지냐?"

다행히 50계단쯤 내려가자 지하 1층이 나왔다.

확장된 감각이 한 개 층으로 확 줄어드는 게 기분이 좋지 않았다.

1층은 상당히 넓었는데 감옥으로 빙 둘러져 있는 구조였다.

감옥 안엔 몇몇 곳이 비어 있는 걸 제외하곤 적게는 서너 명, 많게는 대여섯 명이 앉아 있거나 누워 있었다.

그들은 힘이 없어 보였는데 이유는 중앙에 위치한 마법진 때문이었다.

내 몸속의 마나가 저절로 빠져나가 마법진에 스며들어 어디론가 이동했다.

타인의 마나를 빼앗는 마법진.

이 때문에 도우 마탑에서 쫓겨났으면서도 얼음 성에 이어 이곳에서도 이 짓이라니.

검 한 자루가 검집에서 빠져나와 새파란 검강을 머금었다. 그리고 그 상태로 감옥의 자물쇠가 있는 곳을 자르고 지나간다.

촤륵~ 텅! 촤륵~ 텅!

굵은 사슬과 두꺼운 자물쇠가 돌바닥에 떨어지는 소리가 규칙적으로 들렸다.

저들이 도망을 가든 그냥 그대로 있든 내가 해줄 수 있는 일은 여기까지였다.

"이봐! 넌… 커억!"

소리를 듣고 올라오던 마법사는 마치 혼자 쇼를 하듯이 목을 부여잡고 쓰러졌다.

지하 1층의 몰골을 보니 지하에 있는 자들을 살려둘 생각이 들지 않았다. 아래로 내려가니 지하 2층은 위에서 모인 마나로 수련을 하는 곳인 모양이다.

두 명이 잔뜩 긴장한 채 벽의 기둥에 숨어서 마법을 쓰려 했다. 그러나 두 자루의 검은 기둥을 뚫고 그들의 심장에 박혔다.

지하 3층.

계단을 내려갈 때부터 나던 피 냄새가 3층의 참상을 미리부터 예고해 줬다.

"…빌어먹을 놈들."

피로 물든 침대에 누워 있는 주검들.

조금 전까지도 실험을 하고 있었는지 붉은 피가 바닥에 흐르고 있었다.

왠지 기분이 가라앉았다.

전쟁 혹은 싸움을 통해 죽이는 것과 실험해서 죽이는 것이 똑같은 살인이 아니냐고 묻는다면 할 말은 없지만 말이다.

속도를 높였다.

방금 전까지 사람이 있었다는 흔적은 보였지만 사람은 없었다.

내려가다 보니 층의 크기는 점점 줄어들었다.

아마 지하를 향해 뻗은 흑탑은 거꾸로 서 있는 원뿔 모양 같았다.

지하 8층. 한가운데 있는 마법진과 아직까지 요동치고 있는 마나를 보고 놈들이 도망갔음을 알게 됐다.

감각만 제대로 있었다면 바로 내려왔을 것을.

아직 내려가는 계단이 있어 더 아래로 내려갔다.

계단에서 내려가자마자 문이 보였다.

'두 명!'

다 도망갔을 거라 생각했는데 두 명의 기운이 느껴졌다.

8서클 마도사 한 명과 평범한 사람 한 명.

문은 몇 가지 마법이 걸려 있긴 하지만 내겐 발로 한 번 차면 부서질 정도로 허약했다.

"어라?"

문을 부수려는데 자동으로 열렸다.

안으로 들어가자 30대 후반에서 40대 초반으로 보이는 사내가 한쪽에 앉아 있고 가운데는 엉망진창임에도 품위가 느껴지는 중년인이 무릎을 꿇고 묶여 있었다.

그는 미헬라와 무척 닮았다.

"페르칸 황제 폐하?"

대답은 의자에 앉아 있는 마도사에게 나왔다.

"기절해 있는 상태야. 참! 가까이 다가가더라도 그를 움직이게 하지 말게. 아래 흐르고 있는 용암이 터져 나올 거야."

"넌 누구지? 흑탑의 장로인가?"

"아니, 탑주지. 벨리알이라고 하네."

"통성명하자는 건 아닐 테고. 무슨 꿍꿍이로 남아 있는 거지?"

"통성명하자고 남아 있었는데? 방금 내 이름을 말하지 않았나."

"그래? 그럼 인사 대신 선물을……."

까강!

그의 다리로 날아간 주먹이 투명한 막에 막혀 튕겨져 나왔다.

깡! 까강!

수강을 두르고 몇 번을 날려도 마찬가지. 공간을 뚫는 기술이 고작 막을 뚫지 못했다.

"통성명을 꽤 과격하게 하는군. 아까 자네가 밖에서 다섯 명의 마도사와 싸우는 걸 봤는데 설마 준비도 않고 기다리고 있었을까."

"…아우스다."

흑탑의 주인이라면 설득을 해보는 것도 나쁘지 않을 것이다. 스스로에게 세뇌를 하지 않았다면 최소한 말은 통하지 않겠는가.

"통성명을 하니까 얼마나 좋아. 일단 앉지. 아까 자네가 한 말이 궁금해서 말이야."

방어막 안에서도 마법이 가능한지 소파 하나가 빙글 돌아 내 뒤에 섰다.

자리에 앉으며 말했다.

"어떤 점이 그렇게 궁금하지?"

"소환되는 존재. 자넨 마치 어떤 존재가 소환될지 아는 것처럼 말하더군."

"짐작은 하고 있지."

"말해보게. 소환자로서 나 역시 궁금하군."

"한때 드래곤, 신이라 불리던 자들."

"악마가 아니라?"

"악마가 뭔데? 먼 미래의 사람들은 네놈들을 악마라고 부르게 될 거다."

"크하하하하하! 그렇겠군. 꽤 일리 있는 얘기야. 그럼 그들을 소환하면 왜 안 되지?"

"그들을 제어할 수 있을까?"

"아까 오 장로가 얘기했듯이 당연히."

"그들은 9서클이었어. 근데 어떻게 제어를 할 수 있다는 거지?"

"9서클이 남긴 책 안에 있는 제어법이니까."

"피트?"

"맞아. 그가 남긴 책에 검은 수정을 이용한 소환법과 제어법이 다 있었어. 자세히 적힌 건 아니라서 연구를 했지만 말이야."

"그 책을 좀 볼 수 있을까?"

"워워~ 설마 통성명을 했다고 우리가 친구가 되었다고 착각하는 건 아니지? 조금 전 넌 나의 오랜 수하인 세 명의 장로를 죽였잖아."

바보였음 했는데 바보는 아닌 모양이다.

"기대도 안 했어. 근데 피트가 소환 마법을 사용한 적이 있을까? 과연 그 소환 마법과 제어 마법이 과연 검증된 것이냐는 말이야."

"모르지. 그래서 내가 실험을 한 거야. 근데 방해꾼이 대번에 죽여 버리더군."

"미리 말해줬으면 나서지 않았을 텐데."

"큭큭큭! 그러게 말이야."

"근데 말이야. 그때는 왜 제어에 실패한 거야?"

"그건……."

조건이라도 알게 되면 막기 한결 쉬워질 터. 근데 놈은 머리 좋은 미친놈이었다.

"이런, 말해주려고 했는데 예감이 말해주면 안 된다고 속삭이는군."

"약아빠졌군. 상관없어. 이미 예상하고 있거든. 놈들은 제물이 될 몸이 시원찮은 걸 싫어해. 근데 너희가 준비한 제물은 분명 시원찮았겠지. 그래서 다른 몸을 찾으러 가버린 거야. 소환이 되자마자."

"……."

"넌 그런 과정을 보고 멍청한 오크처럼 생각했을 거야. '만족할 만한 제물을 마련하면 되겠다'고 말이지. 근데 말이야. 소환물이 이번에도 다른 제물의 몸에 들어가면 어떻게 되는 거지?"

말이 끝나자마자 그의 상단전이 밝게 빛났고 그 순간 내 몸에 쉘이 생겼다.

쾅!

마법이 쉘을 때렸다. 물론 그의 방어막처럼 쉘 역시 튼튼했다.

"정곡을 찔렀나 보네."

"…한 방쯤은 먹일 수 있을 거라 생각했는데."

"내가 널 죽일 수 없듯이 너 역시 날 죽일 수 없어. 다만 이곳에서 벗어난다면 그땐 널 죽일 수 있겠지."

"큭큭! 불가능할 거야. 넌 이곳에서 죽을 거거든."

"뭔가 준비를 해둔 게 있는 모양이군."

"그러니 지금껏 네 장단에 맞춰준 거야."

"훗! 고맙다고는 말 못 하겠네. 이왕 장단 맞춰준 김에 1분만 더 장단을 맞춰주는 게 어때?"

"할 말이라도 있는 모양이군."

"방금 전에 내가 한 질문에 대한 답을 안 했잖아. 정말 제물 몸으로 소환체가 들어가는 거 맞지?"

약간의 의심만 심을 수 있다면 벨리알이 미친 짓을 멈추지 않을까 생각하고 한 말이다.

기대야 손톱만큼 정도밖에 안 되지만.

"돼! 제어법을 만든 분이 피트 님이니까."

"흑탑주가 피트 추종자였을 줄이야. 피트가 봤으면 아주 좋아했겠네. 아무튼 나도 꼭 그렇게 되길 바랄게."

막을 수 없다면 차라리 흑탑 놈들이 제어라도 할 수 있으면 된다.

설마 인류의 멸망 따위를 바라진 않을 것 아닌가.

"…재미없군. 이제 그만 헤어지자."

약간의 이죽거림에도 표정 관리도 못 하다니. 어지간히 안 하무인하게 살아왔나 보다.

그래서 한 번 더 이죽거렸다.

"작별 인사도 바라는 거냐? 흑탑의 탑주가 이렇게 인간적인 놈인 줄 알았으면 진즉에 대화를 해볼 것을."

"이죽거림이 타고난 놈이군. 살아 있음 그때 다시 보도록 하지."

"꼭 그렇게 될 거야, 벨리알."

벨리알의 몸에 빛이 드리우며 사라져 버렸다. 그리고 그가 사라진 순간.

쿠궁!

땅이 흔들렸다. 그리고 바닥이 서서히 높아졌다.

"내 몸 건사하기도 힘든데 정말 민폐덩어리들 같으니라고."

얼른 민폐덩어리 황제를 낚아챈 후 몸을 날렸고 그 순간 바닥에서 지겹도록 본 용암이 솟구쳤다.

*   *   *

약에 취해 있던 페르칸 황제는 뜨거운 열기에 땀을 뻘뻘 흘려서인지 겨우 정신이 들었다.

'이 개자식들이 또 무슨 짓을 하려고…….'

패륜아 아들 때문에 지금까지 별일을 다 당했다.

개처럼 질질 끌려 다니기도 했고 살을 태우는 고문도 당해 봤다.

황제일 땐 상상도 못 하던 일을 당하면서 살아 있었던 건 그가 알고 있는 비밀을 미헬라 황녀에게 전하기 위해서였다.

한데 수호단을 데리고 자신에게 올 거라고 생각했던 미헬라가 얼마 전 인질이 되어 나타났을 때는 결국 모진 목숨을 끊어야겠다는 생각마저 했었다.

다만 미헬라를 살리기 위해서라도 자신이 살아 있어야 함을 깨닫곤 다시 버티기에 돌입해야 했다.

'도대체 뭘 먹였기에 이렇게 힘을 쓸 수 없는 거지?'

정신을 잃기 전, 전날에 받은 고문으로 힘겨워하는데 다급하게 들어온 검은 로브의 마법사가 이상한 약물을 먹였다.

땀이 더욱 많이 나자 눈꺼풀에 힘이 들어갔다.

겨우 눈을 뜨니 맨 처음 흠뻑 젖은 누군가의 등이 보였다. 마치 업고 있는 모양새였다.

또 어디로 데려가는가 싶어 시선을 좀 더 높은 곳으로 돌렸다.

새하얗다고 해야 할지, 노랗다고 해야 할지 모를 일렁이는 빛 속에 있었다.

그는 그 빛이 용암이라는 건 생각도 못 하고 있었다.

'죽은 건가?'

더 이상의 수모는 당하지 않아도 된다고 생각하면 죽음도 나쁘지 않았다.

"어따, 이 양반, 땀 무지하게 흘리는군. 냄새도 장난 아니고."

앳됨이 완전히 가시지 않은 청년의 목소리에 얼굴이 살짝 뜨거워졌다.

죽어서도 수모를 당하는 건가 싶었지만 이어지는 말투에 죽은 게 아님을 알게 됐다.

"여유 마나가 있으면 씻겨주고 싶네. 젠장! 그나저나 이 용암은 어디까지 계속되는 거야. 휩쓸리지만 않았어도 제단 쪽이나 밖으로 나갔을 텐데."

'용암?'

청년의 말을 듣고 새하얀 빛을 쳐다보니 용암처럼 보이긴 했다. 게다가 말투가 지금까지 겪었던 자들과 확연히 달랐다.

좀 더 땀이 나면 말을 걸어봐야겠다는 생각을 하고 있을 때였다. 청년이 질겁하듯 비명을 질렀다.

"악! 또 급류가 다가온다!"

이어 쿵! 하는 충격과 함께 마구 뒹굴었다. 그러는 와중에 그의 등에서 떨어지며 딱딱한 곳에 머리를 찧고 정신을 잃었다.

"…으음."

다시 정신을 차렸다.

아까 깨어났던 것이 꿈이었던 것처럼 머리는 아프지 않았고 온몸이 가뿐했다.

깰 때마다 코를 괴롭히던 퀴퀴한 냄새가 나지 않았다. 게다가 한때 유행했던 냉풍기처럼 시원한 바람이 그의 몸을 간질였다.

눈을 뜰까 말까 고민하는데 아까 꿈결이라고 생각했던 청년의 목소리가 다시 들렸다.

"깬 거 아니까 일어나서 물 좀 마셔요."

적의가 담긴 목소리와 호의를 가진 목소리를 구분하지 못할 만큼 어리석진 않았다.

페르칸 황제는 눈을 뜨고 몸을 일으켰다.

청년은 맞은편에 앉아 뭔가를 굽고 있었다.

"…여긴 어딘가?"

"글쎄요. 죽음의 대지 밑이나 바다 밑일 겁니다. 제 예상이 맞는다면 후자일 가능성이 높고요."

이해되지 않는 말이었지만 묻지 않았다.

아까 용암 속에서 떠다니던 것이 실제라면 바다 밑이라고 한들 이상할 것이 없었다.

"자네는 누군가?"

"아우스라고 합니다. 일단 거기서 내려오시죠. 이제부터 여길 빠져나가려면 마나를 모아야 합니다."

아우스의 말을 듣고 아래를 보니 투명한 공기 위에 자신이 앉아 있음을 알게 됐다.

상황을 파악한 그는 얼른 내려와 약간 평평한 곳에 다시 앉았다. 갑자기 시원한 공기가 사라지는 게 그것도 마법을 이용한 모양이었다.

"흠! 배려 고맙네."

"그 정도야. 자! 이 물 드세요."

아우스는 물을 만들더니 블루 마나석을 작게 부숴 물속에 넣었다.

커다란 물방울이 둥둥 떠서 그에게 다가왔다.

물방울에 입을 대고 물을 마시자 기운이 더욱 돋는 것 같았다.

"이것도 드세요."

노릇노릇하게 구운 정체불명의 고기였다.

"…뭔가?"

"모르겠습니다. 근처에 기어 다니기에 잡아서 구웠죠. 맛도 상당히 좋습니다."

"…고맙네."

떨떠름했지만 성의를 무시할 수 없어 입에 넣고 씹었다. 한데 의외로 맛있었다.

바닷가재와 비슷했다.

"많으니 천천히 드세요. 궁금한 건 없으십니까?"

"혹시 날 구하러 온 건가?"

"예, 마하트에 테린 백작이 기다리고 있습니다."

"테린이 살아 있나? 그럼 미헬라는? 미헬라는 어떻게 됐나?"

"미헬라 황녀님은 놈들이 데리고 간 것 같습니다. 폐하를 구하기 전에 텔레포트 마법진이 작동된 흔적이 있더군요. 미헬라 황녀님이 죽은 흔적은 찾지 못했으니 분명 데리고 갔을 겁니다."

"그런가. 아! 그러고 보니 이제야 자네를 알겠군. 미헬라가 셋이 날 구하러 왔다 잡혔다고 했는데 그게 자네군."

"그렇습니다. 저희가 왜 황제 폐하를 찾으러 왔는지 이유도 들었습니까?"

"들었네. 어리석은 놈……."

시간이 지나면 알아서 황제 자리를 얻게 되었을 텐데 뭐가 급하다고 일을 저질렀는지.

"혹시 어떤 제한인지 들을 수 있을까요?"

"미안하네. 황가의 핏줄이 아니면 말할 수 없네. 다만 자네가 생각하는 바에 가깝다네."

"그 정도면 충분합니다."

"앞으로 어쩔 생각인가?"

"일단 이곳을 탈출한 후 테린 백작을 만나서 얘기하시죠."

"…탈출할 수 있겠나?"

"용암 속도 헤치고 나왔는데 여기서 주저앉을 순 없죠. 자! 배를 채웠으면 출발하죠."

일어서자 저절로 떠올라 아우스의 등에 업혔다.

좌르르르르륵!

어디선가 이십여 자루의 검이 튀어나왔다. 그리고 위를 향해 쇄기 모양을 만든다.

"위를 뚫을 생각인가?"

"예."

"용암이 쏟아지면?"

"그 정도로 죽지 않습니다. 꽉 잡으십시오."

페르칸 황제는 아우스를 끌어안았다. 그 순간 검들이 파랗게 변하며 빙글빙글 돌더니 위로 솟구쳤다.

가가가가가각!

바위가 나무처럼 갈리며 구멍이 만들어졌고, 그곳으로 몸이 솟구쳐 들어갔다.

두두두두둑! 두두두두둑!

뾰족한 방어막을 때리며 돌 비가 내렸다.

"상당히 깊은 곳에 있었나 보군."

"그러네요."

검이 바위를 파내는 속도는 느리지 않았다. 그럼에도 한참을 올라갔다. 그러다가 어느 순간부터 투둑! 투둑! 흙과 모래가 떨어졌다.

"이제 다 도착했나 봅니다. 속도를 높입니다!"

흙과 모래가 점점 많아지더니 잠시 후 물이 주룩주룩 흘렀다.

"자네 예상처럼 바다인가?"

"네. 충격에 대비하십시오. 더 속도를 높입니다."

빠르게 올라가는 속도 때문인지 쏟아져 내리는 물 때문인지 묘한 압력이 느껴졌다.

쏟아지는 물과 부딪히는 순간, 휘청하며 벽에 왔다 갔다 부딪혔다. 그러면서도 속도를 줄이지 않고 올라갔다.

그리고 마침내 압력이 사라졌다.

고요한 물속.

물고기가 떼를 지어 다니는 것이 보였다.

"…아름답군. 난생 이런 모습은 처음이야. 8서클일 때 바다 구경이나 다닐 것을."

"감상할 시간을 드리고 싶지만 그럴 여유가 없군요."

"누가 쫓아……"

쿠웅!

바닷속임에도 거대한 울림이 바다 밑바닥에서 들렸다. 그리고 마치 바닥이 터질 듯이 부풀어 올랐다.

"저희가 뚫은 구멍으로 물이 들어갔습니다. 그리고 바닥엔 어마어마한 양의 용암이 있죠. 그 둘이 만나면 대폭발이 일어나지 않을까요?"

푸왁!

바다에서 빠져나왔다. 그럼에도 속도를 줄이지 않고 하늘로 빠르게 올라갔다.

동시에 바다도 솟구쳐 올랐다.

마치 그 모습이 뒤쫓아 오는 몬스터의 아가리처럼 생겼다. 그러나 곧 쫓길 포기했는지 움직임을 멈췄다가 서서히 다시 바다로 떨어졌다.

모든 위험이 사라지자 그제야 풍경이 눈에 들어왔다.

"해가 지는군. 다시는 못 볼 줄 알았는데."

"지는 해는 나중에 천천히 구경하세요. 발칸이 어쩌면 저 해처럼 될 겁니다."

자신의 앞에서 발칸의 멸망을 얘기하는 모습에 어이없어하던 페르칸 황제는 곧 자신이 너무 나약해져 있음을 깨달았다.

아우스를 만났을 때부터 지금까지 생각해 보니 그저 겁 많은 농부의 모습과 다르지 않았다.

"…자네 말이 맞네. 죽다가 살아나서 내가 너무 감상적이었군."

"다행이군요. 제가 구한 이가 세상을 달관한 중년인이 아니라 제국의 황제라서요."

"가세."

"그럼 바로 마하트로 이동하겠습니다."

룬어가 주위를 빙글빙글 돌다가 빛을 내며 환해졌다.

*　　　　*　　　　*

"가장 좋은 술과 안주를 갖다 줘요."

얘기를 나누고 있는 황제와 테린을 놔두고 아래층으로 내려와 음식을 주문했다.

그동안 잘 버텨온 나에 대한 상이었다.

오늘은 세상이 무너져도 술을 잔뜩 먹고 편안한 침대에서 자고 싶었다.

"여기 있습니다. 안주는 곧 나올 겁니다."

병뚜껑을 따서 컵에 한가득 따랐다. 그리고 단숨에 마셔 버렸다.

둘, 셋. 연속 세 잔을 마시고 나자 목의 답답함이 좀 가셨다.

"어머! 잘생긴 분이 무슨 일이 있기에 술을 이렇게 급하게 마시실까?"

짙은 화장에 일견 화려해 보이는 드레스를 입은 여자가 다가와 물었다.

평소라면 거들떠보지도 않았을 텐데 오늘은 얘기할 사람이 필요했다.

"그냥 한동안 꽤 힘들었거든요. 앉아요."

"어떤 힘든 일이었을까?"

여자는 말이 끝나기 무섭게 자리에 앉았다. 그리고 손짓을 해 잔을 가져오게 했다.

그녀의 잔에 가볍게 따르며 대답했다.

"아주 덥고 짜증 나는 곳에서 일 좀 했죠."

"더운 곳이라? 북쪽에 다녀왔나 보군요."

죽음의 대지를 모른다면 칸켈을 기준으로 북쪽이 사계절 내내 더운 곳이다.

"아뇨. 죽음의 대지에 가서 개고생했어요."

"죽음의 대지라면… 정말 힘들었겠네요. 한잔해요. 여기 안주 빨리 갖다 줘."

"아가씨도 같이."

쨍! 소리가 나게 건배를 하고 벌컥벌컥 마셨다.

"너무 급하게 마신다. 그렇다고 스트레스가 풀리는 건 아니에요."

"그럼요?"

"나긋나긋한 여자의 손길이 때론 술보다 더 좋을 때가 있어요."

그녀는 술을 마신 후 일어나더니 내 뒤에 섰다. 그리고 양손으로 어깨를 꾹꾹 누르며 안마를 했다.

"이거 봐봐. 아예 굳었잖아."

손이 꽤 맵다.

신기한 건 신체 재구성까지 마친 몸인데 안마를 하니 시원했다. 거기에 머리를 꾹꾹 누르며 두피 마사지를 하는데 머리까지 개운해진다.

안마, 이거 받아볼 만했다.

설마 여자의 손길이 필요했나?

딱히 그런 것 같진 않다. 그저 잠이 부족한 건지도 몰랐다.

"어때요?"

"좋군요. 어디 안마해 주는 곳 없나?"

난 정말 안마를 해줄 사람을 찾는데 유혹이라고 생각했나 보다.

"왜 멀리서 찾으려고 해요. 내가 녹여줄게."

"진짜 안마가 필요해서 그래요. 죽음의 대지가 뭘 죽였는지 여자 생각은 없어요."

"호호호! 농담도 잘하네. 알았어요. 안마만 해줄게요. 그러다 마음 바뀌면 해도 되고. 살려 드릴게."

왠지 오싹해지는 건 착각이겠지?

"일단 마시고요. 그 후에 해주세요."

"호호호! 그래요."

안주가 나오자마자 한 병을 비우고 다시 시켜 마시고 있는데 테린이 내려왔다.

"잠깐 얘기 좀 할까?"

난 금화 하나를 여자에게 주며 말했다.

"방해꾼이 왔군요. 나중에 시간 되면 안마해 주세요."

"방해할 생각 없어. 잠깐이면 돼."

떡의 기사답게 상도덕(?)을 아는 모양이다.

여자는 함박웃음을 지으며 금화를 재빨리 자신의 가슴 속에 넣고 옆 테이블에서 기다리고 있었다.

"선견지명이 있었군. 금화를 알차게 쓰네."

"말했잖아요. 챙겨놓으면 쓸데가 있다고. 근데 그분과 어떻게 할지 얘기해 보셨습니까?"

"내일 수도로 가기로 했네."

"지금쯤 비상이 걸렸을 겁니다."

"일단 들어가면 도움을 받을 곳이 있다."

"다행이군요."

"…자넨 어떻게 할 텐가?"

당연히 따라갈 거라고 생각하지 않는 것만으로 테린은 확실히 귀족과는 거리가 먼 사람이다.

"여기까지 와서 그냥 갈 수야 없죠. 피신시킬 사람도 있고."

"부모님 말인가?"

"알고 계셨습니까?"

"황녀님의 명에 지키고 있는 이들이 순찰대 부속 지원대야."

"그렇습니까? 그럼 내일 아침 수도로 가기로 하죠."

"고맙네."

"미헬라 황녀님은 무사하실 겁니다."

테린은 쓸쓸하게 웃으며 돌아섰다.

그가 가자 그녀가 다가왔다.

"잘 동안만 해줘요."

"알았어요. 올라가요."

그녀와 나는 방으로 올라갔고 그녀의 안마를 받으며 잠이 들었다.

*　　　*　　　*

몸은 피곤하지 않았지만 잠을 자지 않아 정신적으로 피곤했던 모양이다.

푹 자고 일어났더니 기분이 한결 차분해졌다.

'그나저나 이 아가씨는 왜 여기서 자고 있는 거지?'

눈을 뜨자 크지도 작지도 않은 볼록한 가슴이 보였다. 오해하지 마시길, 여자는 드레스를 입은 상태였다.

어제 마시지를 하다가 잠들면 가라고 선불로 금화를 줬는데 가지 않은 것이다.

쓸데없는 짓은 하지 않은 게 확실하다. 그녀가 이상한 생각을 했다면 분명 내가 알아서 눈을 떴을 테니까.

워낙 고이 자고 있어 더 자도록 놔두고 싶은데 날 고양이 품듯이 안고 있어서 움직일 수가 없었다.

별수 없이 살짝 손을 치우려는데 깼다.

"으응… 이, 이런 미안해요. 마사지를 하다가 잠깐 쉰다는 게 잠들었나 봐요."

그녀는 얼른 일어나 옷매무새를 바로 했다.

"밤새도록 하려고 했습니까?"

"2금어치는 해야 할 것 같아서."

"훗! 아무튼 덕분에 잘 쉬었어요. 자! 이건 팁."

난 금화를 한 줌 쥐어줬다.

대충 25금 정도 될 것이다.

그녀는 무척 놀라워했지만 조심해서 가져가라고 하곤 내보냈다.

아깝지 않았다. 편안한 기분이 된 것만으로 충분히 지불할 가치가 있었다.

내가 깨기를 기다리고 있었는지 테린이 왔다.

"편히 쉬었나?"

"네. 피곤이 좀 풀렸습니다."

"그럼 아침 먹고 출발하지. 난 옷을 사올 테니 그분 좀 부탁하네."

"걱정 마십시오."

또 한동안 굶어야 할지도 몰라 아래로 내려가서 든든하게 아침을 먹었다. 그리고 옷을 사 가지고 온 테린과 함께 페르칸 황제에게 올라갔다.

"텔레포트로 이동할 건데 목적지는 어디로 생각하고 계십니까?"

옷을 갈아입으며 물었다.

"바로 수도로 갈 생각이네만."

"베르딘 남작, 아니, 공작이 수도로 복귀했다고 생각하면 그리 좋은 생각이 아닌 것 같습니다. 수도에서 가까운 영지로 가서 정보도 알아보고 준비를 하는 건 어떻습니까?"

"뜻대로 하게."

"다른 생각이 있으시면 말씀하세요. 뭔가 계획이 있다고 들었습니다만."

"그건 수도의 외성에 들어가야 가능하다네."

"알겠습니다. 그럼 준비가 된 것 같으니 출발하도록 하겠습니다. 가까이 붙으세요."

두 사람이 가까이 붙자 상단전을 개방해 텔레포트를 시전했다.

두 번의 텔레포트로 이동한 곳은 수도의 동쪽에 위치한 랭크 자작령이었다.

지리적 위치 덕분에 전쟁에 한 발짝 물러나 있는 곳이라 영지의 전반적인 분위기는 나쁘지 않았다.

다만 무슨 일인지 외성 중앙 광장엔 산더미처럼 쌓인 물건과 수많은 마소가 있었다.

"무슨 일이지?"

테린의 중얼거림을 해소해 준 건 근처 나무 그늘에 앉아 있던 두 노인이었다.

"도대체 멀쩡한 텔레포트 탑을 왜 이용하지 못한다는 거야."

"내가 듣기론 적의 첩자가 침투하지 못하게 하려고 방어 태세에 들어갔다고 하지 않은가."

"그래? 수도까지 위험한 거야? 전쟁에서 이기고 있다더니 그게 아닌가 봐?"

"아니. 전쟁은 이기고 있는데 플린 왕국과 칸켈 그 야만족이 별동대를 투입해 수도를 교란하려 한다는 소문이 나서 그런 것이래."

"아하! 그래서 식량과 생활용품을 말과 소로 직접 운반해 가지고 오라고 한 거였군."

"그렇지. 그래서 자네나 나 같은 늙은이들까지 나서게 된 거고."

"으이쿠! 수도까지 언제 간데. 그나저나 한동안은 계속 이래야 하는 거 아냐?"

"방어 태세가 풀릴 때까진. 우리야 가까우니 그나마 낫지, 다른 영지는 어떻겠나."

"허긴, 그것도 그렇군. 쯧! 망할 놈의 전쟁."

두 노인에게서 원하는 대답을 들은 우린 골목으로 들어갔다.

"방어 태세라는 게 뭡니까?"

"내성에서 외성까지 허락된 사람을 제외하곤 모든 구역이 마나를 쓸 수 없는 곳이 되는 걸세."

"혹시 피트의 작품입니까?"

피트가 한 것이 아니라면 누가 했든 뚫어낼 자신이 있었다.

"그렇다네."

기대한 내가 바보다.

"그렇다면 어떤 형식인지 말해주시겠습니까?"

"막 형태야. 웬만한 공격엔 꿈쩍도 안 해. 실험을 해봤는데 8서클 공격도 마나가 허락하는 한 막네."

"공격해서 뚫지는 못하겠군요."

"그렇지. 당장에 8서클 마도사들이 달려 나올 걸세."

8서클 마도사는 무섭지 않다. 그저 문제를 해결하려다가 8서클 마도사들이 다 튀어나옴으로써 제약이 깨질까 무서운 것이다.

"일단 자리를 잡고 들어갈 방법을 찾아보죠. 혹시 폐… 를 알아볼 사람이 있습니까?"

주변에 사람이 있어 말을 흐렸다.

"페리라고 부르게. 그리고 현재 이 꼴인데 알아보는 사람이 있을까? 이곳 성주도 못 알아볼 걸세."

"다행이군요. 가시죠."

테린과 나는 얼굴을 바꾸고 있어서 상관없지만 페르칸 황제의 얼굴을 알아볼 수도 있었기에 서둘러 여관을 구했다.

"전 들어갈 방법을 찾아보겠습니다. 제가 늦더라도 걱정 마시고 일단 편히 쉬십시오."

페르칸 황제의 경우 꽤 오랜 시간 고생을 해서 몸이 망가진 상태였다.

"어떻게 할 생각인가?"

밖으로 나오자 테린이 따라 나와 물었다.

"먼저 아까 노인이 말했던 행렬들을 따라가서 분위기를 볼 참입니다."

"하루 이틀 걸리겠군."

"네. 그리고 미헬라 님은 너무 걱정 마십시오. 아마 놈들이 뭔가 필요해서 데리고 갔을 겁니다."

"왜 그렇게 생각하나?"

"페리 님은 죽음에 방치하고 그녀만 데리고 갔습니다. 그리고 지금 와서 생각해 보니 두 분이 도망갔다고 다섯 명이나 되는 마도사를 보냈다는 것도 이상합니다. 그냥 역모한 자들이 도망을 갔다고 공표만 해버려도 충분하지 않습니까?"

"훗! 미헬라 님은 황위 계승권자라 쫓은 거겠지. 아무튼 위안이 좀 되는군."

"쩝! 더 적당한 변명거리를 생각해 볼걸."

"그 정도로 충분하네. 조심히 다녀오게."

방에 들러 거울을 보며 역용을 했다.

얼굴은 금세 노인처럼 쭈글쭈글해졌다.

"음~ 머리가 문젠데 이것도 의지로 되려나?"

머리 색깔이 하얗게 되길 바라며 의지를 집중하자 의외로 빠르게 하얗게 탈색되어 버렸다.

머리카락까지 하얘지자 영락없는 노인이다. 그대로 밖으로 나가 광장이 있는 곳으로 걸어갔다.

광장엔 한창 짐을 부리고 있었다.

어떻게 접근을 할까 주변을 서성이는데 기사가 짐꾼인 줄 알고 불렀다.

"어이~ 거기, 왜 이렇게 늦게 왔어?"

감사할 일이다.

"집에 손주 녀석이 아파서… 죄송합니다, 나리."

"쯧! 길바닥에서 노숙하기 싫으면 얼른 짐을 실어!"

"네네."

얼른 자루를 들어 마차에 실었다.

영지의 노인들이 다 나왔는지 금방 실을 수 있었다.

"마부만 빼고 모두 들어가도록."

모두 가는 건 아닌 모양이었다. 하긴 수도에도 짐을 부릴 사람이 있을 터였다.

난 남아서 기다렸다.

"뭐야? 한 명이 더 있잖아? 아저씨, 빠져요."

병사 한 명이 숫자를 세다가 인상을 찌푸렸다. 그러다 무슨 생각을 했는지 얼른 자신이 아는 이를 뺐다.

나 때문에 빠지게 된 노인은 병사에게 고맙다는 눈빛을 보낸 후 서둘러 떠나 버렸다.

"한 명씩 마차에 오른 후 기사님을 따라가세요."

병사의 명령에 따라 우마차에 올랐다.

앞도 뒤도 아닌 중간.

외성을 빠져나가 수도로 향했다.

내리쬐는 해에 힘겨워하는 노인들이 있었지만 나에겐 전혀 문제가 없었다. 죽음의 대지에서 뒹굴었다고 낮에도 선선했다.

"노인장은 안 힘들어요?"

늦은 점심을 먹고 병사들은 마차 뒤에 올라 편하게 가고 있었다.

내 마차 뒤에 탄 병사는 졸리는지 말을 걸어왔다.

"왜 안 힘들겠수. 하지만 어디 병사들과 기사님들만큼 하려고."

"이야~ 우리들의 고충을 알아주는 사람이 다 있네. 노인장, 자녀들은 뭘들 합니까?"

"아들 한 놈은 서커스가 뭔가에 홀려 가버렸고, 다른 한 녀석은 마법진 공장에서 일한다네. 아마 지금쯤 전장에 있을지도 모르지."

과거를 생각해서 대충 만들어냈다.

"에휴~ 걱정이 많으시겠소."

"뭘, 다 자신들의 삶을 사는 거지. 피곤해 보이는데 자게. 기사들 오면 깨워줄 터이니."

"아이고! 그래주신다면야 고맙죠."

수도까지 뻥 뚫린 길인데 도적이 있을 리가 만무했다. 병사는 수도에 도착할 때까지 잠을 잤다.

"서둘러라. 곧 해가 진다."

혹시나 외성 안으로 들어갈 수 있을까 했는데 외성문 앞에서 짐을 내렸다. 그러면 외성 주민들이 나와 물건을 가지고 안으로 들어갔다.

'철저하군. 이래선 여기까지 온 보람이 없어.'

짐을 내리면서 보호막을 뚫을 수 있는지 확인해 봤지만 짧은 순간 뚫을 수 있는 방어막이 아니었다.

곧 9서클에 이를 것이라 생각했는데 오산이었다.

마법진에 대해선 피트가 한참 앞섰다.

"뭐 하나! 밤을 샐 작정이냐? 얼른 내려라!"

"예! 예!"

얼른 내리고 한쪽으로 비켜섰다.

다른 마차들이 짐을 내리는 동안 외성 밖을 살펴봤다. 외성밖 주민들 역시 안으로 들어가지 못하는지 그대로 밖에서 생활하고 있었다.

'전쟁이 일어나면 외성 밖 주민들은 다 죽으라는 소린가?'

외성 내부가 외성 밖보다 훨씬 작아 다 수용하기엔 무리임을 알고 있지만 씁쓸한 광경이었다.

'아니. 오히려 들어가지 않는 게 나을지도.'

달리 생각하면 오히려 행운아일 수도 있었다.

'이쯤해서 사라져야겠군.'

외성 밖을 방치하고, 외성 내부로 들어가기 힘들다는 사실을 알았다면 굳이 마차를 끌고 오지 않았을 것이다.

어둠을 이용해 마차에서 떨어져 외성 밖의 건물 사이로 스며들었다. 그리고 얼굴과 머리색을 바꾸었다.

입고 있던 겉옷도 벗어 노인이었던 흔적을 완전히 지웠다.

'동쪽에서 왔으니 지금 가는 길이 남쪽이겠군.'

남쪽은 자주 드나들어 지리를 제법 잘 알았다.

성벽과 가장 가까운 쪽에 여관을 잡고 방어막을 천천히 살펴볼 생각이다.

음식점을 겸하는 여관에 들어갔다.

외진 곳이긴 하지만 그래도 너무 썰렁했다. 1층 식당엔 주인만 넋을 놓고 의자에 앉아 있었다.

"…영업 안 합니까?"

"식사하러 오셨소?"

"식사도 하고 잠도 자러 왔습니다."

"수도가 아닌 다른 곳에서 왔나 보군요?"

묻는 저의가 궁금했지만 악의는 없었기에 적당히 꾸며서 얘기했다.

"어떻게 아셨습니까? 부모님을 뵈러 왔는데 들어가지 못하게 하더군요."

"이틀 전부터 방어 태세라는 것이 갑자기 시작됐소. 수도에 들어오는 물건을 담당하는 텔레포트 탑이 멈춰 버렸죠. 거기에 장기전에 대비한다고 물건들을 비축하기 시작했소."

"물건값이 뛰었겠군요."

"그렇소. 아침 가격과 저녁 가격이 다르오. 다른 지방에서 올라오는 물건마저 외성 내부로 가져가 버리고 하루에 한 번 배급처럼 나눠주니 장사를 할 물건이 없소."

"구할 수 없습니까?"

"휴우~ 왜 없겠소. 이럴 때 한몫 챙기려는 사람들이 다른 영지로 가서 물건을 가져와 비싼 가격에 판다오. 그럼 뭐 하겠소. 가장 흔한 어죽도 10은이요."

예전 존슨으로 지낼 때와 비하면 대략 20배가 오른 건가?

"먹읍시다. 20은 드리죠."

"…어죽을 그 가격에 먹겠다고요?"

"이왕이면 내일 아침에 먹을 빵도 미리 구해 오시오. 나머지는 방값으로 하시오."

1금을 던져주었다.

"그, 금방 다녀오겠소."

여관 주인은 내 말이 바뀔세라 가게 밖으로 뛰어나갔다.

난 한쪽 구석에 앉아 감각을 확장해 수도를 둘러싸고 있는 방어막을 느꼈다. 그리고 마나를 흘려 어떤 구조인지를 파악하려 했다.

'빌어먹을, 내성에서 조정하는 건가 본데.'

마나가 타고 가다가 마법진에 닿지도 못하고 중간에 끊겨 버린다.

조금씩 마나를 늘려봤지만 조금 더 가고 말았다.

더 늘렸다간 병사들이 달려올 것이다.

'마보세를 확장해 봐야 하나?'

여관 주인은 사온 물고기와 빵을 보여준 후 식당으로 들어가 조리를 시작했다.

'일단 해보자. 안 되면 다른 방도를 찾는 수밖에.'

마보세를 확장했다.

능력이 늘어나서일까, 쭉쭉 늘어났다. 예전에 비해 두 배 정도 늘어나자 살짝 머리가 아팠다.

'더! 더!'

방어막 때문에 수도에 사는 사람들을 느껴지지 않아서 편하게 늘어났다.

4배, 8배, 16배, 32배……

한데 수도의 중앙인 내성에 이르는 순간 감각이 픽, 하고 꺼져 버렸다.

"소, 손님, 코피가……."

느끼지 못하고 있었는데 탁자에 코피가 흥건했다.

"…미안합니다, 지병이 있어서. 아! 전염되는 건 아니니 염려 마세요."

"…여긴 내가 치울 테니 옆에 가서 드쇼. 넉넉하게 했소이다."

"고맙습니다."

옆 테이블로 옮겨 어죽을 먹고 있을 때였다.

2서클과 하단전을 막 깨운 남자 10여 명이 빠르게 여관 쪽으로 다가왔다.

어떻게 할까 고민하는데 문이 열렸다.

병사 둘이 들어와 여관 주인에게 물었다.

"여기 혹시 외지인이 오지 않았나? 어……? 당신, 외지인이지?"

58장
아라교

여관 주인은 병사와 내 눈치를 보며 말을 제대로 하지 못했다.

'일단 어떻게 나오는지 두고 보자.'

숨만 뱉어도 죽일 수 있는 이들을 두고 길게 고민할 이유는 없었다.

"외지인이 아니라 수도에 거주하는 부모님을 보러 온 겁니다."

"그럼 그동안 어디 있었는데?"

"비알 왕국의 크로노에서 일을 했습니다."

"북쪽에 있는 그 비알?"

"그렇습니다."

"알았다. 일단 나와라. 현재 제국이 전쟁 중이라는 걸 알 터. 수상한 사람은 일단 조사하라는 명령이다. 내일 확인이 되면 보내줄 것이다."

반항? 하지 않았다.

밖으로 나가려는데 여관 주인이 얼른 달려와 품에 빵 두 개를 쑤셔 넣었다.

"미안하오."

"아저씨 잘못도 아닌데요."

밖으로 나가자 수갑을 채웠다. 평범한 쇠로 만든 수갑이었다.

'이 자식들, 도대체 무슨 생각을 하는 거야. 만일 진짜 첩자였다면 이놈들은 다 죽는 건데.'

흑탑과 그랜트 황태자의 꿍꿍이를 모르겠다.

그들에게 이끌려 간 곳은 급조해서 만든 듯한 원형 벽이 쳐진 곳이었다.

외성 밖에 이런 곳이 있었나 싶었지만 어차피 대답하지 않을 것임을 알기에 묻지 않았다.

"들어가라. 내일 관리관이 물으면 그때 네 사정을 정확하게 말하면 될 거다."

안으로 들어가자 내부 전체가 4미터 정도로 땅이 파여 있었다. 벽까지 치면 대략 6미터 정도.

한쪽에 천막이 어지럽게 세워져 있는 것이 수용소인 모양이다.

병사가 뒤에서 발로 차려는 느낌에 그냥 뛰어내렸다.

"눈치가 빠른 놈이군."

'발로 찼으면 넌 죽었어, 이 자식아!'

자의로 잡혀 왔지만 희롱당할 생각은 없었다.

감시탑에서 라이트를 비추며 감시를 하고 있었지만 언제든 도망갈 수 있을 만큼 허술했다.

천막 쪽으로 걸어가는데 두 명의 꼬맹이가 주춤거리며 다가왔다.

"…아저씨, 혹시 먹을 것 있어요?"

수갑 한쪽을 풀곤 품 안에서 빵 하나를 꺼냈다.

"마침 있구나. 물어볼 것이 몇 개 있는데 답해주면 주겠다."

"네네! 얼마든지요."

원래 묻고 주려고 했는데 다가온 애들을 보니 과거의 내가 생각났다. 그래서 절반을 잘라줬다.

"일단 먹고 얘기하자."

두 아이는 먹으라는 말이 떨어지자 허겁지겁 먹었다.

"쿨럭! 흡흡!"

조금 작은 아이가 숨이 막히는지 가슴을 쿵쿵 쳤다.

"조심해서 먹지 않고."

물을 만들어 아이에게 줬다. 아이는 허겁지겁 물을 마셨다. 형인 듯한 아이는 물을 마시는 동생을 보며 침만 삼켰다.

"얼마든지 만들 수 있으니 너도 마시렴."

"…네, 감사합니다."

두 아이는 마셔도 줄지 않는 물방울이 신기한지 빵을 먹으면서 눈을 떼지 못했다.

두 아이는 빵을 삼분의 이쯤 먹고 나머지는 남겨 품에 넣었다.

"마법사세요?"

"약간 쓸 수 있지."

"대단하세요!"

"다 먹었으면 이제 아저씨의 물음에 답해주겠니?"

"물론이죠. 말씀하세요."

"이곳은 뭐 하는 곳이냐?"

"저희도 모르겠어요. 한 달 전부터 갑자기 이러한 건물을 세우기 시작했어요. 그리고 10일 전부터 부랑자나 수도로 오는 이들을 잡아서 이렇게 가뒀어요."

"관리관이 내일 와서 증명하면 풀어준다던데 그건 어떻게 되는 거냐?"

"관리관 같은 거 없어요. 그저 하루에 두 번 빵을 주는 게 다예요."

10일 전부터 그랬다면 첩자를 잡는 것과는 상관없다. 설령 그렇다고 하더라도 첩자씩이나 되어서 이 정도 허술한 수용소를 벗어나지 못한다는 건 말도 되지 않는다. 그저 일반인들을 잡아두기 위한 곳 같은데 왜 그러는지 이해가 되지 않았다.

'설마, 제물인 건가?'

흑탑이라면 충분히 하고도 남을 짓이다.

"혹시 이런 곳이 많니?"

"많을 거예요. 제가 아는 것만 10개가 넘어요."

정말 미친 것 같다. 그랜트 황태자가 무슨 생각을 하는지 대가리를 갈라보고 싶다.

"근데 아침저녁을 준다면 인원수대로 줄 건데 왜 너희들은 굶은 것처럼 보이냐?"

"그건……."

두 아이는 말을 제대로 못 했다. 그저 천막이 있는 곳을 보며 눈만 굴렸다.

힘 있는 놈이 많은 것을 가지는 건 어디를 가든 마찬가지인가 보다.

물론 수용소에서 오래 머물 생각이 없었기에 간섭할 생각은 없었다. 근데 지랄 같은 운명은 여기서도 똑같이 이어졌다.

웬 사내가 걸어오더니 꼬맹이 두 명을 불렀다.

"거기 꼬맹이들! 일할 시간이다."

난 흘깃 볼 뿐 신경도 쓰지 않았다. 두 꼬맹이는 순간 도움의 눈길로 날 봤지만 떠날 사람이 어설프게 손을 쓰면 더 괴로울 수 있어서 모른 척했다.

그런데 밝은 귀가 문제였다.

갇혀 있는 주제에 성적인 욕망을 풀려고 하는지 꼬맹이들에게 이상한 짓을 시키려 하고 있었다.

"휴우~ 이 지랄 맞은 놈들."

결국 몸을 일으켜 천막 중 가장 큰 곳을 향해 갔다.

"어이! 거기 오는 놈. 신입인 것 같은데 저 구석에 가서 찌그러져 자. 내일 빵 한 조각이라도 먹으려면 말이야."

"쯧! 너희들도 어지간하다. 때려죽여도 시원찮을 놈한테 빌붙어서 살려고 하는 걸 보면."

"…뭐? 이 망할 자식이……."

뿌득! 뿌득!

몽둥이를 들고 오던 놈은 갑자기 두 다리가 부러지면서 주저앉았다.

비명을 지르고 있었지만 소리가 새어 나오진 않았다.

"무, 무슨……!!!"

옆에서 웃고 있던 놈 역시 다리가 부러졌다.

천막을 들추고 들어가자 꼬맹이 중 하나가 막 바지를 벗고 있었다.

"뭐야!"

덩치가 제법 큰 놈은 거의 벗다시피 하고 흉물스러운 하초를 드러내고 있었다.

"둘 다 나가, 당장!"

내 말에 꼬맹이 둘은 두목을 한 번 힐끗 쳐다본 후 바지를 추커올리고 밖으로 나갔다.

"이 쌍놈의 새끼들! 너희들이 감히 놈의 말을 듣고 도망가?"

"일단 나부터 신경 쓰지?"

"오냐! 힘 좀 쓰나 본데 잠시 후에도… 켁!"

그는 주먹에 맞은 듯 일어서던 자세 그대로 바닥에 꼬꾸라졌다.

"말 많네. 일단 좀 맞자."

"퍽! 큭! 윽! 악!"

천막 밖으로 비명이 새어 나가지 못하게 하고 두들겨 팼다.

"…마, 마법사님을 못 알아보고… 까, 까분 점 죄송합니다. 제, 제발 살려주십시오."

"멍청한 놈. 이럴 땐 고이 죽여달라고 말하는 거야. 이런 곳에서 애들한테 그 짓을 하고 싶으냐? 저 애들이 당한 걸 너도 당해봐."

"허억! 서, 설마……!"

"…이 오크 똥구멍에서 나물 빼먹을 놈이. 어디 더러운 상상을."

그가 이곳을 장악할 때 썼을 것이라 생각되는 피 묻은 몽둥이가 둥실 떠올랐다.

"애들의 심정을 이해해 봐."

"크윽! 제, 제 것은 그리 크지 않습니다만…….."

"애들 엉덩이도 네 것만 하지 않거든."

간단히 그의 말을 묵살하고 괴롭혔다. 물론 끝은 깔끔하게 마무리를 지었다.

밖으로 나가자 두 명이 기절을 한 듯 누워 있었지만 무시하고 지나갔다.

꼬맹이 두 명은 구석에서 떨고 있었다.

"너희들 나랑 갈래?"

"…어디로요?"

"너희들을 데리고 다닐 순 없다. 맡겨야 하는데 안전한 곳은 뮤트 제국밖에 없구나."

"데려가 주세요! 어디든 좋습니다."

"부모님은?"

"안 계십니다. 저희 둘밖에 없는걸요."

"알았다. 내 가까이 붙어라."

'후우~ 도대체 뭐 하는 짓인지.'

나서지 않았다면 모를까, 이제 와서 놓고 가는 건 너무 무책임했다.

'잠깐 들러 전쟁이 어떻게 진행되고 있는지 알아보는 것도 나쁘지 않겠지.'

젠느는 트론벤 마을의 별장에서 기다리고 있겠다고 했다. 그래서 그쪽으로 텔레포트했다.

팍!

웬만한 거리는 이제 한 번만에 도착할 수 있었다.

"누구… 십니까?"

문에서 좀 떨어져서 이동을 할 걸 그랬나 보다. 대문을 지키고 있던 병사들이 비상벨을 눌렀는지 별장 내부에서 기사들이 바쁘게 움직이고 있었다.

"아우스 백작이다. 레이디 젠느를 만나러 왔다."

대충 던져줬어도 받은 작위를 썩히는 건 아까웠다. 이럴 때 안 쓰면 언제 쓸까.

기사들은 문 앞에 도열해 섰고, 잠시 후 젠느가 뛰어나왔다.

처음 만났을 때처럼 편안한 기사 복장을 하고 있었다.

"아우스! 돌아온 거야?"

문이 열리자마자 달려와 안겼다.

"아니, 잠시 할 일이 있어서 겸사겸사."

"아! …근데 이 아이들은?"

"발칸의 수도에서 인연이 생긴 아이들. 저택에서 일을 시키면서 돌봐줬으면 해."

"알았어. 당장 가야 하는 건 아니지?"

그녀가 고개를 끄덕이자 집사로 보이는 이가 아이들을 데리고 갔다.

아이들은 잠시 나를 보다가 내가 고개를 끄덕여 주자 꾸벅 인사를 하고 집사와 함께 사라졌다.

"내일 아침에 갈까 생각 중이야."

"들어가자. 근데 저녁은 먹었어?"

"술과 안주 정도면 돼. 참고로 안주는 푸짐하게."

"후후! 배가 고픈 모양이네."

"한동안 어지간히 굶었거든."

별장은 밖에서 볼 때만큼 내부도 여기저기에 갖가지 조각과 그림들이 있어 무척 아름다웠다. 그중엔 피트의 조각상도 있었다.

난 조각상을 보며 낮게 중얼거렸다.

"이렇게 인연이 깊을 줄 몰랐군요."

"응? 무슨 말 했어?"

"아무것도 아냐. 집이 무척이나 아름답네."

"천 년 가까이 된 거라 보존 마법을 걸어놨음에도 조심스럽지."

"좋은 것만은 아니네."

젠느가 안내한 곳은 그녀의 방이었다. 그리고 잠시 칸켈에서 있었던 얘기를 해주고 있는데 술과 안주가 들어왔다.

식사 수준이었지만 부담스럽기보단 오히려 좋았다.

"그래서 황제는 구했어?"

"응. 개고생 끝에 구했지. 근데 수도가 완전히 막혀 있어. 오늘 혹시 빈틈이 있을까 보러 갔다가 찾지 못하고 애들만 구해서 여기로 온 거야."

"고마운 애들이네. 덕분에 널 보게 됐으니까."

"하하! 그렇게 되는 건가? 아, 전쟁 상황은 어때?"

"매일 수정구로 얘기하는데 지지부진한가 봐. 플린 왕국은 현재 전선으로 국경이 정해질까 걱정이 많은 것 같더라고."

"그깟 땅따먹기가 도대체 뭐라고 이 난리인지. 곧 악마의 신에게 지배당할지도 모르는데."

"그렇게 되면 어떻게 될는지……."

"나이를 먹어서 철이 들었을지도 모르지. 걱정 마. 그렇게 되지 않게 노력 중이잖아. 아! 맞다. 이종족 셋은 어디 간 거야?"

"베네툭 백작가에. 너 떠나고 바로 그쪽으로 갔어."

"인간 세상을 보기 위해 나왔는데 전쟁만 보고 들어가겠군."

"그래도 베네툭 백작님께서 꽤 잘해주시나 보더라. 떠날 땐 당장 돌아올 것처럼 굴다가 어제 며칠 내로 돌아온다고 연락 왔어."

"그곳에서 노는 게 지겨워졌나 보군."

"그건 아니고 베네툭 백작님이 출전하게 되셨대."

그 정도 실력자를 지금까지 내버려 둔 것만 해도 샤를 황제가 인내심이 좋은 것이다.

"베네툭 그 양반 싸우게 됐다고 엄청 좋아하겠네."

"그분이 싸우는 걸 좋아해?"

"광적이지. 샹카에서 나도 엄청 맞았어. 덕분에 실력이 늘긴 했지만 언젠가 흠씬 두들겨 줄 거야."

"호호! 너무 때리진 마. 아버지보다 나이가 많은 분이라던데."

"노인이라기엔 너무 강해. 근데 그 양반까지 나서는 걸 보면 서에스란을 드디어 함락시키려나 보네."

"아니라던데. 플린 왕국과 손잡고 뭔가를 할 거라고 했어. 그 때문에 에리안도 꽤 바쁜 모양이야."

"응? 플린 왕국과 손잡고 뭔가를 한다고?"

"극비인가 봐. 아무 말도 안 하더라."

왠지 마음에 걸리는 말이다.

발칸 제국 수도의 갑작스러운 방어 태세가 자신들 때문이 아닌 진짜 침입을 준비하는 것이라면?

본래 왕국 영토의 절반쯤 잃은 플린을 부추겨 발칸 시티를 치려는 건 아닐까?

생각이 여기까지 이르자 소름이 돋았다. 그와 함께 샤를 황제에 대한 분노가 치솟았다.

흑탑의 수상한 행동에 큰 관계도 없는 나는 죽도록 고생해 가면서 막으려고 하는데 빌어먹을 권력자들은 각자의 이익에 눈이 뒤집혀 일을 크게 만들려고만 하니 왜 화가 나지 않겠는가.

'이 미친 늙은이가……!'

발칸 시티의 내성, 외성과 외성 밖까지 하면 족히 오백만은 넘을 것이다. 한데 그 생명을 걸고 장난질을 치려 하는 게 분명했다.

"…확인할 것이 있는데 혹시 에리안과 연락을 할 수 있을까?"

"왜, 무슨 안 좋은 일 있어?"

갑작스레 바뀐 내 표정을 보고 젠느가 조심스레 물었다. 표정을 풀고 웃어주고 싶은데 쉽지 않았다.

'정말 그렇게 한다면 정말 후회하게 될 거야, 샤를!'

*　　　*　　　*

"연락이 안 돼. 아무래도 또 회의를 하나 봐."

안절부절못하는 표정으로 수정구에 마나를 주입하는 그녀를 보니 화가 가라앉았다.

"그만해도 돼. 내일 가서 직접 물어볼게."

"…괜찮아? 무슨 일인데?"

"아무래도 샤를 황제가 허튼짓을 할 것 같아."

"폐하께서? 그럴 분이 아닌데……."

조카라고 부르더니 아는 사이인 모양이다.

"아직은 추측일 뿐이야. 아닐 수도 있으니까 못 들은 걸로 해."

추측으로 젠느를 불안하게 만들 필요는 없었다.

술도 비웠고 배도 충분히 찼다.

"이제 그만 쉴까?"

"…오늘 그날이야."

"훗! 운이 없네."

"다른 여자라도……."

"이상한 소리 마세요, 레이디 젠느. 그냥 꼭 안아주면 그걸로 충분해."

"부러지도록 안아줄게."

"후후! 그래주세요."

간만에 샤워실에서 느긋하게 씻은 후 침대에 누워 젠느의 품에 안겼다. 그녀는 정말 꼭 안아주었고 편하게 잘 수 있었다.

다음 날 깨어나 젠느와 함께 아침을 먹은 후 프링크 영지로 이동했다.

에리안은 새벽에 와서 잠을 자고 있었다.

"돌아온 거야?"

보자마자 젠느와 똑같이 묻는다. 그녀의 마음이 느껴지자 따뜻해지면서 한편으론 미안했다.

"아니, 잠깐 들렀어."

"아침이나 같이할까?"

"안 피곤해?"

"마스터가 피곤할 리가."

피곤한 얼굴로 그렇게 말해봐야 전혀 설득력이 없다.

두 번째 식사지만 그동안 굶은 걸 보충한다고 생각하니 맛있게 먹을 수 있었다.

"어젯밤에 인연이 있는 애들을 맡기기 위해 젠느에게 들렀다가 이상한 얘기를 들었어."

"…이제 애들도 데려온 거니?"

"오해 마. 그냥 놔두고 오면 죽을 것 같아서 한 일이니까. 여기보단 거기가 안전하잖아."

"오해 안 해. 다만 네가 어디 다녀오면 그때마다 누군가를 데리고 오니까 하는 말이었어."

"미안."

"농담이었는데 미안하다고 하면 내가 미안하지. 계속 얘기해."

"혹시 뮤트 제국과 손잡고 어떤 작전을 계획 중이야?"

"응. 지지부진한 전쟁을 빨리 끝낼 작전이라고 매일 회의를 할 정도야."

"발칸 시티를 공격하는 거야?"

입으로 가져가던 포크가 멈췄다. 그리고 에리안이 살짝 놀란 표정을 지으며 말했다.

"젠느 언니에게도 말하지 않은 걸 어떻게 알았어?"

"사실이라는 말이지?"

에리안은 주변에 말이 새어 나가지 않도록 방어막을 치며 대답했다.

"응. 극비로 진행 중이야. 네가 떠나기 전에 해준 말이 있어서 나름 설명을 하고 막으려 했지만 오히려 이 기회에 발칸이 망하길 바라고 있어."

"베트랭 공작과 타칸 후작, 슈린 백작도 어느 정도 알고 있는데 그들은 뭐래?"

"베르나켄 폐하께서 강경하셔. 잘못되면 나라의 절반을 잃을지도 모르잖아. 그래서인지 허무맹랑한 얘기라 생각하고 있어. 다른 귀족들도 마찬가지고."

빌어먹을 샤를! 빌어먹을 베르나켄!

"별동대가 언제 출발할 것 같아?"

"뮤트 제국의 마도사들이 더 온다고 했으니 그들이 도착하면 며칠 내로 출발할 거야. 계획은 이미 수립되어 있거든. 일주일에서 열흘 정도."

"빌어먹을, 서둘러야 할 이유가 하나 더 생겼군."

"발칸의 황제는 구한 거야?"

"칸켈까지 가서 겨우."

"좀 더 힘이 되어줘야 하는데 미안해."

"그런 소리 마. 그리고 이미 결정된 일이라면 괜히 반론 따위 제기해서 미움받지 말고. 그러다 선봉에 세울라."

"훗! 이미 받은 것 같지만 조심할게."

"아무래도 안 되겠다. 잠깐 공장에 다녀올게."

"뭐 하려고?"

"아무리 급해도 네 안전책을 준비해야겠어. 네 말 때문인지 모르지만 불안하네. 시간이 조금 걸릴 테니 자고 있어."

"싫어. 함께 있을래. 끝나고 바로 갈 거잖아."

"그래, 그러자."

에리안과 오랜만에 저택으로 갔다. 사람이 없는 걸 제외하곤 깔끔했다. 관리를 하고 있는 모양이다.

"참! 공장은 어때?"

"지금도 주문이 밀려 있어. 소강상태라 쓸 일이 별로 없을 텐데 비축용으로 구매를 하나 봐."

"전쟁이 끝나면 일반적으로도 많이 필요로 할 거야. 광산을 뚫을 때도 제격… 아!"

"왜?"

"방금 발칸 시티에 침입할 방법이 생각났어. 해봐야겠지만 성공할 것 같아. 갈 때 몇 상자 가져가야겠다."

"다행이네. 얼른 황제가 다시 황좌를 찾아 전쟁이 끝났으면 좋겠다."

"나도 그랬으면 좋겠다."

발칸은 말할 것도 없고, 플린도 뮤트도 넌덜머리가 났다.

블루 마나석이 있어 쉘과 텔레포트 두 가지 고위 마법 스크롤을 만들 수 있었다. 그리고 포탄 상자를 담아 갈 수 있는 아공간 가방을 만들었다.

"혹시 위험에 처하면 무조건 쉘을 두르고 텔레포트 마법을 사용해. 그럼 이곳으로 이동할 수 있을 거야."

"응, 너도 조심해."

진한 키스를 끝으로 페르칸 황제와 테린이 있는 랭크 자작령으로 이동했다.

두 사람은 술을 마시고 있었다.

"어서 와. 일단 한잔해. 어때?"

자리에 앉자 테린이 술을 따라주며 물었다.

"방법이라면 있을 것 같습니다. 한데 아무래도 서둘러야 할 것 같습니다."

어젯밤에 있었던 얘기부터 뮤트 제국과 플린 왕국의 움직임에 대해 설명해 줬다.

"허어~ 엎친 데 덮친 격이라더니……."

"아무래도 샤를 황제, 그자의 농간 같군."

"최대 10일 안에 해결할 수 있겠습니까?"

"어려울 거야. 제국 수호단이라도 있었다면 모를까, 결국 지지 귀족들을 설득해야 하는데……. 10일은 너무 짧네."

"해보는 데까진 해보죠."

흑탑이 뭔가를 소환하려는 것을 막아야겠다는 확고했던 생각이 지배자들에 대한 실망 때문에 서서히 무너지고 있었다.

현재 각국의 황제와 왕이 과거의 신이란 존재와 다를 바가 있을까, 라는 생각이 들었다.

그리고 내린 결론은 다르지 않다는 것이다.

아무튼 우린 바로 밖으로 나와 수도에서 북쪽으로 제법 떨어진 황무지로 이동했다.

"쿨럭! 수도로 이동한다더니 여긴 어딘가?"

손을 들어 불어오는 흙먼지를 막으며 페르칸 황제가 물었다.

"북쪽으로 10킬로 정도 떨어진 황무지입니다. 여기서 작업을 하고 이동할 겁니다."

황무지에서 할 일은 텔레포트 마법진을 그리는 것이다. 그리고 마법진은 시간이 되면 수도의 외성 하늘 위로 포탄을 이동시킬 것이다.

총 12개의 마법진을 그렸고, 마지막 마법진의 경우 상당히 크게 그렸다.

"이게 한동안 제국군을 괴롭혔다는 아공간 탄이군."

상자를 꺼내자 테린은 신기한 듯 이리저리 살폈다.

"조심하세요. 8서클도 터지면 무사하지 못합니다."

"이크! 조심해야겠군. 그나저나 이걸로 방어막에 구멍을 뚫을 생각이군."

"네. 처음 몇 개는 어떤 결과를 일으키는지 볼 생각이고 저 마지막 것이 떨어지는 곳을 통과해 침입할 겁니다. 다 됐습니다. 가시죠."

마지막 마법진에 10개가 넘는 포탄을 놓고 나머지엔 하나씩만 놓았다.

우린 걸어서 이동했다.

마법진이 발동할 시간을 정해놨고 어차피 떨어질 때도 두 사람은 좀 떨어진 곳에 있어야 했다.

"여기서 대기하고 계세요. 1시간 동안은 뭘 하셔도 좋은데 1시간 후에 절대로 여기 계셔야 합니다."

두 사람에게 주의를 주고 바닥에서 작은 돌 조각을 주워

하늘로 날아올랐다.

하늘 위에서 바라보는 수도는 정말 거대했다. 더 높이 올라가면 다 보일 듯싶었지만 내가 올라온 곳에선 끝이 보이지 않았다.

'5, 4, 3, 2, 1.'

카운터를 셌다. '영'이라고 하는 순간 발칸 시티 상공에 마나가 일렁이며 포탄이 나타났다. 그리고 아래로 떨어졌다.

떨어지는 방향으로 들고 있던 돌을 차례차례 날렸다.

포탄이 방어막에 부딪혔다. 그리고 순간적으로 검은 공간이 생겼다가 사라졌다.

이후 날아간 돌 조각들이 방금 포탄이 떨어진 곳을 통과했다. 네 개가 통과하고 다섯 번째 돌 조각은 방어막에 튕겨 나왔다.

방어막이 복구된 것이다.

'2초 정도는 여유가 있군.'

그 시간이면 충분하다.

확인할 것은 또 있었다. 금방 확인 가능 했다.

상당수가 방금 포탄이 떨어진 곳 밑에서 서성였다.

'반응이 빠르군. 마나의 반응을 느끼고 움직인 건가? 아직 많으니까.'

잠시 후 한참 떨어진 곳에서 다시 마나의 움직임이 포착됐다.

다시 한 번 시간을 쟀다.

놈들의 반응이 빨라졌다. 몇 번 반복되는 동안 동서남북으로 한 팀씩이 움직이고, 구멍이 뚫리고 4초 정도의 여유가 있음을 알게 됐다.

이제 슬슬 움직일 때가 됐다.

아래로 내려갔다.

"이제 들어가죠. 폐하께선 업히시죠."

페르칸은 업고 테린은 안아 하늘로 올랐다.

원래 마지막 포탄이 터지는 곳으로 들어갈 계획이었는데 생각이 바뀌었다.

"혹시 혼자만 알고 있는 안가 같은 곳이 있습니까?"

"내가 간혹 술 마시고 숨어 낮잠 자던 곳이 있어."

"아무도 모릅니까?"

"구매해 놓고 단 한 번도 들켜본 적이 없어. 흠! 죄송합니다, 폐하."

"어디쯤입니까?"

"북쪽 외성 밖과 가까운 쪽이야."

"안으로 들어가면 그쪽으로 이동하겠습니다. 10초 전입니다. 준비하세요."

난 손에 포탄을 꺼내 들었다.

시간이 되자 여러 개의 포탄이 동시에 텔레포트되어 외성 상공에 나타났다.

그 순간 포탄을 아래로 던지고 빠르게 하강했다.

빠듯하게 통과할 생각이었다.

동시다발적으로 터지는 포탄들. 내가 던진 포탄은 그들보다 약 2초 후에 터졌다. 감시병들이 텔레포트의 흔적을 노리고 이동했을 타이밍을 노린 것이다.

푸왁!

포탄이 눈앞에서 터졌다. 조금만 빨랐어도 다리가 사라졌을 정도로 아슬아슬하게 통과했다.

그리고 사람이 없는 골목으로 착륙했다.

내 감각에 의하면 우리를 목격한 사람은 없었다.

"이동하죠."

즉시 자리를 떴고, 얼마 되지 않아서 내가 뚫었던 곳에 사람들이 들이닥쳤다.

"…쉬는 곳만은 아니었던 것 같군요."

무사히 테린의 안가(?)에 도착했다.

4층 건물의 4층으로 여관보다 훨씬 좋았다. 다만 마지막 날 무얼 했는지 여자의 옷이 나뒹굴고 있었다.

"여장 취미가 있었던 건 아닌 것 같고."

페르칸 황제까지 한마디 했다. 미헬라와 사귀는 걸 아는지 표정이 영 떨떠름하다.

테린은 얼른 속옷과 술병들을 치웠다.

어느 정도 정리가 되었을 때 우린 원형 식탁에 둘러앉았다.

"이제 어떻게 하실지 듣고 싶습니다."

계획이 마음에 안 들면 한바탕 화끈하게 싸워보고 물러날 생각이다.

"도움을 청할 곳이 한 곳 있네."

"어딥니까?"

"아라교일세."

"…그들이 힘이 있습니까?"

"물론일세. 내가 아는 이들만 8서클 마도사급이 세 명이 있을 정도라네."

"8서클 마도사를 몇 명 가지고 있는 것이 중요한 게 아니라 폐하를 황좌를 다시 되찾게 해줄 수 있느냐가 중요합니다. 마법을 쓸 수 없는 내성에선 결국 숫자 싸움이잖습니까."

"발칸 시티의 3분의 2가 아라교를 믿네. 그리고 아라교 신녀의 말은 내 말만큼이나 강한 힘을 가지고 있어."

'일단은 믿어야 하나?'

혼자 날뛰는 것보단 나을 것 같다.

"설득할 수 있으시겠습니까?"

"그들과 오래전부터 맺어온 맹약이 있네. 물론 그랜트는 모르는 일이지."

"좋습니다. 뾰족한 수가 없으니 일단 그곳에 가보기로 하지요."

"언제 갈 텐가?"

"지금은 조금 전에 벌인 일 때문에 거리가 시끄러울 겁니다. 저녁때쯤 움직이도록 하죠."

"그러세."

우리는 쉬다가 해 질 녘쯤 밖으로 나갔다.

외성에 있는 아라교 신전으로 향하는데 빵과 스프를 든 무수한 인원들이 성문 쪽으로 움직이고 있었다.

"이건 대체……."

페르칸 황제는 난생처음 보는 모습에 놀라워했다. 그에 귓속말로 속삭였다.

"외성 밖의 주민들에게 배급을 한다고 들었는데 그 일에 동원된 이들 같습니다."

"……."

그는 굳는 표정으로 한참 동안 말을 잇지 못했다.

외성 밖 주민들을 버릴 각오를 하고 있음을 바로 알아차린 것이다.

행렬이 끝나고 조금 더 걷자 거대하면서도 수수해 보이는 신전이 보였다.

다른 신전들이 건물의 외관을 신에 대한 존경심의 표현으로 화려하게 만드는 건지 모르겠다. 만일 그렇다면 아라교의 신에 대한 존경심은 건물 끝에 달린 조각을 제외하곤 없었다.

'조각상에 마법을 새겨뒀나 보네.'

어떤 마법인지 살펴볼까 고민하는 사이, 정문에 이르렀다.

'문의 크기는 어쩔 수 없나.'

정문의 크기는 여느 신전, 여느 황궁과 비슷했다.

문이 절반쯤 열려 있었기에 안으로 들어가는 건 문제가 없었다.

한데 안으로 들어가자 넓은 홀에 수많은 여자아이가 모여 있었다.

"아라 님의 축복이 함께하길, 형제분들은 어떤 일로 오셨습니까?"

수수한 복장의 신관이 다가오며 물었다.

황제 대신 테린이 말했다.

"아라 님의 축복이, 신녀님을 뵙고자 합니다."

"신녀님을요? 혹시 약속이 되어 있으십니까?"

"약속을 하지 않았지만 이걸 보여주면 접견을 허락할 걸세."

황제는 품에서 반원의 은빛 금속을 꺼내 신관에게 건넸다. 동전을 받은 신관은 물끄러미 금속을 확인하고는 말했다.

"현재 저희 아라교에서 8년에 한 번 있는 중요한 행사가 있어 만나실 수 있을지 모르겠습니다."

"아! 올해가 신녀 후보를 새로 뽑는 날인가?"

황제는 아는 것이 있나 보다.

"맞습니다."

"허~ 그럼 새로운 이가 신녀가 되었겠군?"

"그렇습니다. 며칠 전, 전대 신녀께서 자리에서 물러나셨습니다."

"허허! 하필 이렇게 공교로울 때가. 아무튼 말해주게. 새로
물려받았다고 해도 그 동전에 대해선 알 걸세."

"전달할 동안 일단 저쪽에 앉아계십시오. 시간이 좀 걸릴
겁니다."

우린 그가 가리킨 방향에 있는 의자로 가서 앉았다.

난 신녀 후보의 나이를 보고 궁금한 것이 생겨 황제에게 물
었다.

"페리 님, 저 여자아이들의 나이를 짐작컨대 신녀의 나이가
무척 어리겠군요?"

"그렇다네. 보통 7세에서 10세까지의 여아 중 신녀 후보를
열을 뽑는다네. 그리고 8년간 교육을 받다가 후보 중 한 명이
신녀가 되네."

"어리면 15세, 아무리 나이가 많아도 18세군요. 신녀의 주기
가 많이 짧네요."

"교단마다 조금씩 다르긴 한데 아라교가 가장 짧지. 듣자
하니 그때가 지나면 신의 말이 더 이상 들리지 않는다더군."

"아라 신의 경우 여자인데도 어린 나이의 신녀를 좋아하다
니……."

"허허! 이상하게 보면 무엇이든 이상한 법이지."

"요즘 워낙 의심의 눈으로 세상을 보고 있다 보니 그런가
봅니다."

그의 말이 옳았다. 신관 중에 어린 꼬맹이들을 성적 도구로 삼는 곳도 있는데 신녀가 8년 주기로 바뀐다는 건 흠도 아니다.

"그나저나 저 아이들 전부 마나 재능이 상당해 보이는군요."

"대륙에서 모은 아이들이니까. 내가 알기론 어릴 때 재능이 뛰어난 아이들을 보면 아예 신전에서 키우기도 한다더군."

"하긴, 신녀가 될 아이들이니. 후보가 되지 않는 아이들은요?"

"각 지역의 신전으로 가서 주요한 자리를 맡게 된다더군. 근데 어쩌면 신녀를 만나기 힘들지도 모르겠어."

"왜요? 아무리 신녀라 해도 감히 페리 님의 요청을 거절할 수 있는 겁니까?"

종교의 힘이 강한 시기도 있었지만 지금은 황권과 귀족들의 힘이 더 강력했다.

"신녀 양위 시기엔 어쩔 수 없네. 양위 후엔 새로운 신녀가 며칠 앓아눕는다더군."

"부디 며칠 전에 양위를 했길 바라야겠군요."

신관이 사라진 방향을 보며 중얼거렸다.

*　　　　*　　　　*

아우스가 바라던 대로 며칠 전 양위를 한 건 아니었지만 새로운 신녀는 앓아눕지 않았다.

6서클일 경우 강제로 7서클로 만들다 보니 신체 재구성이 일어나며 며칠 걸리지만 새로운 신녀는 양위 전에 7서클에 이를 만큼 마법적 재능이 뛰어났다.

페르칸 황제에게 받은 동전을 들고 허클 신관은 고위 신관인 베스 신관을 찾아갔다.

베스 신관은 40대 중반의 여자로 후보 출신의 신관이었다.

"어서 와요, 허클 신관. 아이들은 다 도착했나요?"

"그렇습니다. 오전에 황궁에서 텔레포트를 잠깐 열어 모두 도착했습니다."

대륙의 신전에서 후보 아이를 보내야 하는데 방어 태세가 걸리면서 제대로 보내지 못하고 있었다.

"잘됐네요. 한동안 고생하시겠어요."

"제 일인 걸요."

"그래요. 고생해 주세요. 한데 무슨 일로 제 방에 오셨나요?"

"신녀를 뵙고자 하는 분이 왔습니다."

"신녀님을요? 이 시간에요?"

"네. 그리고 이 금속을 주셨습니다. 그리고 이걸 보여주면 신녀님이 만나주실 거라 말했습니다."

베스 신관은 허클 신관이 보여준 반쪽 난 동전을 보고 눈이 살짝 커졌다.

"알겠어요. 놓고 가세요. 제가 신녀님께 전달하죠. 한데 이 동전을 준 사람들은?"

"일단 홀에서 기다리고 있습니다."

"알았어요. 나머지는 제가 알아서 하죠."

"알겠습니다. 그들에게 전달하고 전 제 일을 하겠습니다."

허클 신관이 나가고 문을 닫자 베스 신관의 인자한 얼굴이 찌푸려졌다.

"하필 이럴 때 죽었다는 황제가 나타나다니."

오지 못한 아이들을 도착하게 하기 위해 현재 황태자를 황제로 인정하겠다는 약속을 어제 했었다.

한데 갑자기 사라졌다고 하는 황제가 나타났다.

황제가 나타났다는 점이 중요한 게 아니다. 그가 황궁으로 가지 않고 이곳으로 왔다는 게 중요했다.

"쯧! 더러운 권력 다툼인가?"

교리에도 절대 권력 다툼에는 끼지 말라고 할 정도로 어느 편을 들어도 좋은 결과를 보지 못한다.

"어린 신녀님이 이 일을 어찌 감당하실까. 차라리 내 선에서……."

자신만 모른 척하고 동전을 없애 버리면 신녀를 만날 일은 없게 된다.

"아라 님, 용서하소서. 사특한 마음을 먹었습니다."

그녀는 고개를 흔들며 나쁜 마음을 털어냈다.

2살 때 신관에게 발탁된 후부터 지금까지 아라교의 교리를 따라온 그녀로서는 도저히 못 할 짓이었다.

의논은 할 수 있지만 결국 결정은 신녀의 몫이고 그것이 아라교의 법이었다.

"어제라도 올 것이지."

오늘 신녀가 바뀌었다. 어제의 신녀라면 분명 만나지 않았을 것이다.

동전을 들고 신녀가 있는 곳으로 갔다.

몸가짐을 바로 하고 노크를 했다.

"들어오세요, 베스 신관님."

안으로 들어가자 두 신녀가 같이 앉아서 얘기를 하고 있었다.

"쉬는데 방해를 해 죄송합니다, 아라 신녀님."

"괜찮아요. 아! 이젠 제가 아니군요. 미안해요, 아라 신녀님."

전임 신녀가 대답을 했다가 얼른 자신의 실책을 깨닫고 말을 수정했다.

아라교의 신녀는 신녀가 되는 순간 '아라'라는 이름을 얻는다.

"괜찮아요, 어머님. 불과 몇 시간 전까지 어머님의 성함이었잖아요. 전 아직 하디드가 더 익숙하답니다."

새로운 신녀, 하디드. 이젠 아라가 된 그녀는 지금까지의 신녀들 중 가장 아름답다고 평가받았다.

우유만큼 하얀 피부에 짙은 갈색 머리는 묘한 대치를 이루었고, 푸른색 눈동자는 하늘의 색깔인 것처럼 맑아 보는 사람을 편안하게 만들었다.

"이제 신디아라는 이름을 다시 찾게 되었으니 신디아라고 불러요."

"싫어요. 어머니는 저에게 영원히 어머니세요. 그나저나 8년 간 기도의 방에 들어가시게 되어 슬퍼요."

신녀의 8년 기간이 끝나면 다시 8년간 기도의 방이라는 곳 에서 혼자 지내야 했다. 그 후엔 그곳을 나와 역대 신녀들과 모여 살면서 교를 위해 뒤에서 일한다.

"신녀의 직위를 내려놓는 당연한 과정이니 슬퍼 말아요. 역 대 신녀님들이 모두 하셨던 일이에요. 그리고 들어가서 마법 수련을 해, 나왔을 때 교를 위해 힘이 되도록 할게요."

"…어머니."

"이런! 울지 말아요. 이렇게 마음이 여려서야."

신디아는 아라를 껴안으며 토닥였다.

삼자의 입장에서 보면 신체 재구성을 이루어 천천히 늙는 두 사람이 자매로밖에 보이지 않았다.

베스 신관은 두 여인이 하는 양을 지켜보며 끝나길 기다렸다.

그리 오래 걸리진 않았다.

"미안해요, 베스 신관님. 무슨 일이시죠?"

"이제 말을 낮추셔야 합니다. 교에서 아라 신녀님보다 높은 사람은 없습니다."

"조금만 천천히 시간을 줘요. 전 어제까지 하디드였다고요."

"네, 신녀님. 다름이 아니라 이 동전을 가지고 온 이가 방문 을 했습니다."

"이건……."

"이건 발칸 황제와의 약속의 증표네요."

"그러네요, 어머니. 조금 전 주셨는데 이렇게 공교로운 일이 다 있네요."

아라가 걸고 있던 목걸이를 풀자 목걸이의 펜던트가 바로 동전의 다른 반쪽이었다.

동전의 절단면을 보면 현재의 기술로는 불가능해 보이는 요철이 있다.

"딱 맞아요. 황제가 보낸 사람이 맞네요. 어머니가 이걸 주셨을 때 반드시 만나야 한다고 하셨죠? 그럼 만나봐야겠네요."

아라 신녀의 말에 베스 신관과 신디아의 눈이 마주쳤다. 그리고 눈빛으로 서로의 생각을 전달했다.

신디아가 나섰다.

"아라 님, 그렇게 급하게 결정할 일이 아니에요."

"왜요, 어머니?"

"한동안 페르칸 황제는 실종된 상태였어요. 그에 그랜트 황태자가 자리에 올랐죠."

"하지만 동전의 주인은 황제 폐하잖아요."

"맞아요. 어제였다면 당연히 만났을 거예요. 한데 어제 후보 아이들을 불러오려고 황태자를 지지하겠다고 약속했어요."

"음, 중간에서 곤란하게 된 거군요?"

새로 아라가 된 하디드는 절대 멍청하지 않았다. 아니, 미모

와 마찬가지로 역대급으로 똑똑했다. 그러지 않았다면 이제 열일곱에 불과한 그녀가 나이의 한계마저 뚫고 7서클이 될 수 없었을 것이다.

"그래요. 그러니……."

"만나겠어요."

"아라 님!"

"단! 오늘은 어머니와 보낼 생각이에요. 내일 들어가실 때까지 한시도 떨어지기 싫어요."

베스 신관은 안도의 한숨을 쉬었다.

밤 동안 신디아가 하디드를 설득만 해준다면 권력 다툼에 끼어들지 않아도 됐다.

한데 그녀의 그런 마음을 알았을까. 신녀는 말을 이었다.

"걱정 말아요. 우리 교단에는 피해가 없도록 해결하도록 할 게요."

"알겠습니다. 마음이 바뀔 수 있으니 저들에게 오늘 양위가 끝났음을 알리고 내일 아침에 다시 연락을 주는 걸로 하겠습니다."

"그렇게 하세요."

베스 신관은 인사를 하고 밖으로 나왔다. 그리고 홀로 향했다.

세 사람이 얘기를 하면서 기다리고 있었다.

'저 사람은……!'

세 명 중 가운데 있는 이는 황궁의 행사에서 본 적이 있는 이었다.

복장과 얼굴이 많이 상했지만 분명 페르칸 황제였다.

그녀는 주변에 막을 씌웠다. 그리고 극도의 예를 취하며 인사했다.

권력 다툼에 낄 생각은 없지만 황제에게 뻣뻣하게 굴 수는 없었다.

"아라 님의 딸인 베스가 황제 폐하를 뵈옵니다."

"막을 씌웠구려. 반갑네, 베스 신관. 상황이 상황이니만큼 호칭은 생략해 주게. 그래, 신녀에게 동전은 전했는가?"

"그렇습니다."

"뭐라든가?"

"사실 오늘 양위가 이루어졌습니다."

"아! 현재 몸을 추스르고 있겠군. 이런 낭패가……"

거짓을 말할 것도 없이 알아서 판단해 주는 황제를 보고 속으로 쾌재를 불렀다.

"내일 오전에 정신을 차리면 다시 가서 말을 전달하도록 하겠습니다."

"허어~ 이거야, 참."

"그러니 내일 오전에 다시 오시는 것이……"

"쩝! 가장 깨끗하다는 아라교까지 거짓이라니. 이 세계를 위해 굳이 나설 필요가 있나."

자신의 말을 끊고 싸늘하게 말하는 사내를 보았다.

"지금 무슨 말씀을……?"

"혼잣말입니다. 베스 신관님의 말을 믿는 걸로 하고 갈 데가 없는데 이곳에서 하룻밤 지낼 수 있겠습니까?"

베스 신관은 붉은 머리 사내의 눈빛을 봤다.

걸렁걸렁하게 말하고 있었지만 눈빛만은 차갑도록 시렸다. 마치 자신의 속마음을 뚫어보는 듯했다.

'이자, 아라 신녀님이 보여주던 눈빛과 비슷해.'

순간 소름이 돋았지만 내색하진 않았다.

"현재 신녀 후보를 뽑는 기간이라 빈방이랄 곳이 없습니다. 차라리 이 근처에 있는 여관에서 지내시고……."

"창고라도 상관없습니다."

"어떻게 황제 폐하를……."

"괜찮으시죠, 폐하?"

붉은 머리 사내는 제멋대로였다. 경호원이라고 생각했는데 높임말은 쓰되 황제와 동등한 관계처럼 보였다.

아니나 다를까.

"그러세, 베스 신관. 창고라도 괜찮으니 여기서 기다리도록 하겠네. 아님 이곳이라도 괜찮고."

더 이상 거부할 수 없었다.

"방을 준비하겠습니다. 잠시만 기다려 주십시오."

돌아서는데 붉은 머리 사내가 다시 한마디 했다.

"점심부터 굶었는데 저녁도 부탁합시다. 그리고 육식을 금하는 곳이 아니니 이왕이면 고기도 푸짐하게 부탁드립니다."

부탁이라고 말했지만 마치 강도가 검을 들이밀고 돈을 빌려달라는 말처럼 들렸다.

한데 그러겠노라고 답할 수밖에 없었다.

그의 위협은 결코 장난이 아니었다.

"베스 신관이 거짓말을 했다고 생각하나?"

창고라도 괜찮다고 했는데 황제에게 그럴 수 없는지 베스 신관은 제법 괜찮은 방으로 안내했다.

그녀가 나가자 테린이 방 전체에 방어막을 만들며 물었다.

"글쎄요. 그냥 떠본 것뿐입니다."

악의가 없는 거짓말이었기에 굳이 떠벌리지 않았다.

그녀의 입장에서 생각해 보면 당연한 행동이었다.

황제는 아라교가 뭔가 할 수 있다고 생각하지만 내가 볼 땐 그게 황권을 되찾는 데 도움이 될 것 같진 않았다.

병권을 가지고 있는데 힘없는 교단이 시민들을 선동한다고 달라질까?

8서클 마도사 한 명이면 시민들쯤이야 아무리 많아도 처리할 수 있다.

'특별한 수단이 없다면 아라교가 순순히 편을 들어준다고 해도 소용없는 일이지.'

숫자로 밀어붙이면 되지 않을까 생각도 했었다. 그러나 과연 그런 상황에 대한 대처 방안이 없을까.

"그런가. 이들이 혹시 밀고는 하지 않겠지?"

"아마도요. 아라교의 입장에선 사실 어느 쪽 편도 들지 않는 게 좋으니까요."

"하긴."

얘기는 길게 이어지지 못했다. 음식이 들어왔다.

단출했다. 고기 약간과 샐러드, 빵, 스프, 와인 한 병이 다였다.

"원하는 대로 드리고 싶은데 저희도 배급을 받고 있어서, 죄송합니다."

젊은 여자 신관들 중 한 명이 사과를 했다.

"아닙니다. 손님 된 입장에서 음식 투정을 할 순 없죠."

"이해해 주셔서 감사합니다. 식사하시고 그릇은 문밖에 내놓으시면 됩니다."

"잘 먹겠습니다."

그들이 나가자 테린이 그의 아지트에서 당한 복수라도 하겠다는 듯 한마디 했다.

"베스 신관을 대할 때완 사뭇 다르군."

젊은 신관이라 친절하게 대한 거 아니냐는 뜻이다.

"아무것도 모르는 사람들에게 화를 낼 만큼 경우 없는 사람은 아닙니다."

"훗! 그런가? 먹지."

내가 외성 밖에서 겪었던 일을 들어서인지 음식에 대해 불만을 얘기하는 사람은 없었다.

점심을 굶어서 다들 바닥까지 깔끔하게 먹었다.

"요리사가 제법 잘하는군, 험험!"

바닥까지 먹은 것이 쑥스러운지 황제가 말했다.

"더 달라고 할까요? 빵과 스프 정도는 더 줄 것 같은데요."

"됐네. 공짜로 먹는 건데. 이 정도면 충분하네."

"공짜로 먹을 거 아닌데요."

쟁반에 금화를 잔뜩 깔았다.

"비싼 저녁이군."

"폐하께서 드신 저녁인데 이 정도는 되어야죠."

그릇과 함께 금화가 잔뜩 담긴 쟁반을 내놨다.

"훔쳐가려면 어쩌려고?"

"도둑이 있으면 도둑이 운이 좋은 거겠죠. 할 일도 없는데 일찍 주무시죠."

잠은 시간 있을 때 자둬야 했다.

테린은 호흡법을 한다고 앉아 있었고 황제와 나는 각자의 침대에 누웠다.

이런저런 생각으로 뒤척이다 잠이 들었다.

얼마나 잠들었을까, 묘한 기운이 신경을 거슬리게 해 눈을 떴다.

시계를 확인하니 새벽 1시. 두 사람은 아무렇지도 않은지 편히 자고 있었다.

'예전에 미헬라가 날 보는 느낌과 비슷하군. 혹시 누군가가 엿보는 건가?'

마보세에 집중을 하며 감각을 확장했다.

'이 희미한 빛 때문인가?'

집중을 하니 평소완 다른 점이 있었다. 얼핏 보면 보이지 않을 정도로 옅은 빛이 일대에 퍼져 있었다. 그리고 그 빛은 한 사람에서 시작되고 있었다.

'누구지? 감시를 하는 건가?'

궁금함에 결국 문을 나섰다.

사람들의 감각을 피하는 것쯤은 문제가 없었다. 다만 그녀 주변에 있는 사람들이 문제였는데 어떻게 된 게 내가 가까워질수록 그들은 멀어졌다.

'여긴 꽤 심처 같은데.'

약간은 화려한 복도를 지나자 신전의 건물과 건물 사이에 있는 아담한 정원이 나왔다.

정원 안으로 들어가자 연못 위 다리에 한 여자가 중천에 떠 있는 달을 바라보고 있었다.

여신의 모습이 저럴까, 미녀 세 명을 알고 있지만 눈앞에 있는 여자에 비하면 약간 손색이 있었다. 물론 더 아름답다고 넋을 잃고 바라보진 않았다.

너무 완벽해서 인간미가 없어 보였다.

무슨 말을 할까 고민하는데 여자가 먼저 말했다.

"제 능력을 사람들이 어떻게 느낄까 궁금했는데 오늘에서야 알게 되었네요."

"…무슨 말인지 모르겠군요."

"마치 누군가가 날 훑어보는 듯한 느낌. 당신은 지금 안 느껴지나요? 전 아까 당신이 깬 직후부터 느껴지고 있는데요."

"마보세?"

"당신은 그렇게 부르나요? 전 세상의 비밀이라고 부른답니다, 호호!".

"마나가 보이는 겁니까?"

"네. 아름답지 않나요? 갖가지 색들의 향연. 그 안을 들여다보면 더욱 신비해지죠. 그들은 말해요. 자신들과 놀아달라고."

허공을 향해 손을 허우적거렸다.

어느 누가 하더라도 미친 사람처럼 보였을 텐데 저 여자가 하고 있으니 왠지 아름답다.

물론 달빛 효과와 그녀의 손을 따라 움직이는 마나를 볼 수 있기 때문인지도 몰랐다.

"아! 미안해요. 간혹 교단 사람들이 이러고 있는 날 보면 미쳤다고 수군댔는데."

"내 눈엔 당신이 무슨 일을 하는지 보여서인지 미쳤다는 생각은 들지 않는군요."

"그런가요? 당신도 해보지 않을래요?"

너무 천진난만하게 말하니 나도 모르게 손을 들어 마나를 가지고 놀았다.

"축하네요. 두 번 다시 하지 않아야겠어요."

"……"

"아! 당신에게 말한 것이 아니에요. 당신의 모습을 반추해 제 모습을 그렸을 뿐이에요."

그녀가 뿜어내는 기운이 거짓이 아님을 말해줬기에 망정이지, 하마터면 쌍욕을 할 뻔했다.

더 이상 그녀의 페이스에 말리지 말아야겠다고 생각하곤 물었다.

"신녀입니까?"

"네. 오늘 신녀가 되었답니다."

그녀는 기뻐하는 게 아니라 무척 슬픈 표정을 짓고 있었다.

'물으면 안 돼!'

왜 그러는지 묻고 싶은 마음이 들었지만 억눌렀다. 그러나 참는 동안 그녀는 이유를 설명했다.

"어머니. 전 신녀님을 그렇게 부른답니다. 아무튼 그분이 기도의 방에 들어가 8년간 못 보게 된답니다. 신녀의 자리에서 물러나면 그래야 하거든요."

"음, 그럼 16년간 못 보겠군요. 슬퍼할 만하네요."

"……!"

그녀는 세상이 무너지는 듯한 표정을 지었다.

설마 몰랐던 거냐?

"자, 잔인하네요."

"…제가 정한 교리가 아닙니다만."

"아! 당신에게 한 말이 아니에요."

상당히 독특한 여자다. 말을 하다 보면 어느새 그녀의 페이스대로 가고 있다.

"통성명이나 하죠. 아우스입니다."

"아라예요."

얼음 성에 누워 있던 아라가 떠올랐다.

"타고날 때부터 그 이름이었습니까?"

"그렇진 않아요. 신녀의 이름은 언제나 같답니다."

"뭐, 아무렴 어때요. 전 페르칸 황제 폐하와 왔습니다."

"알아요. 아까 엿봤잖아요."

"폐하를 만날 겁니까?"

"내일 오전에요. 오늘은 어머니와 함께하기로 했거든요. 기도의 방에 들어가는 걸 보고 만나려고 했어요."

"혹시 무슨 일 때문에 온지 알고 있습니까?"

"짐작은 해요. 황권 때문이겠죠?"

"맞습니다. 어떻게 하실 생각이십니까?"

"거절할 거예요. 저희가 감당할 수 있는 일이 아니에요. 당신도 그걸 아는 것 같은데요."

"제 기운을 읽는군요."

"당신도 똑같지 않나요? 우린 서로 같은 것을 보고 있잖아요."

오해할 발언을 스스럼없이 하다니.

"아무튼 당신의 생각을 알게 되었으니 됐군요."

궁금한 점을 알게 되었으니 굳이 더 있을 이유가 없었다.

"가려고요?"

"이곳에 얻을 것이 없다는 답을 얻었으니까요."

"황제 폐하와 약속을 했는데 거절한다는 것에 화가 나진 않나요?"

"내가 당신이라도 거절했을 거니까. 힘없는 교단이 할 수 있는 일은 고작해야 선동인데, 실패하면 그 피해는 이루 말할 수 없겠죠."

"맞아요. 근데 당신, 왜 그렇게 화가 나 있는 거죠? 아니, 마치 체념한 사람처럼 보인다고 할까요. 슬픔도 있고 너무 복잡하네요."

"훗! 내가 다른 사람들의 기운을 보고 다 아는 것처럼 굴었는데 직접 당하니 기분이 더럽군요."

"미안해요. 그럴 생각은 아니었는데. 다만 당신의 그 기분을 묻지 않으면 안 될 것 같았어요."

잠깐 망설였다.

저 어린 소녀에게 과연 말해줘도 되는지 고민됐다. 하지만 안에서 부글거리는 기분을 토해내고 싶었다.

"…신녀로서 들어주려는 겁니까?"

"나이는 어리지만 경험이 많답니다. 신녀 후보로서 사람들의 말을 들어주는 일을 많이 했거든요. 그리고 한 말에 대해선 아라 님의 이름으로 비밀을 지켜 드려요."

"술이 있습니까?"

"와인 한 병쯤이라면. 아무리 저라도 술 취한 사람의 감정은 파악하기 힘들거든요."

"좋습니다. 여기서 듣겠습니까?"

"아뇨. 자리를 옮기죠. 고해실이 따로 있거든요."

작은 방이었다. 의자가 놓여 있었고 건너편 방과 작은 구멍을 통해 얘기를 주고받을 수 있게 되어 있었다.

"전 옆방으로 가 있을게요. 이건 약속했던 술이에요."

그녀는 신관에게 받은 술을 나에게 준 후 옆방으로 갔다.

"다른 분들은 이곳에서 물러나세요."

"신녀님, 하지만……."

"아우스 님은 여러분이 생각하는 것보다 훨씬 강하답니다. 아마 그가 작정하면 오늘 밤 신전은 무너지게 될 거예요."

감추고 있었는데 언제 파악한 거지?

아까 화가 났을 때 기운이 발출됐나.

모르겠다. 아무렴 어떤가. 그냥 내가 알고 있는 바를 뱉어내고 떠나면 된다.

"일단 무슨 일로 화가 났는지부터 얘기해 봐요."

"그 얘길 하려면 맨 처음부터 얘기를 해야 해요."

"아뇨. 일단 왜 화났는지부터. 술을 마시고 말하는 게 더 좋겠네요."

"원한다면."

술을 따서 컵에 따르지 않고 벌컥벌컥 마셨다.

"멍청한 권력자들!"

"귀족들 말인가요?"

"아뇨. 멍청한 뮤트 제국의 샤를 황제, 플린의 베르나켄, 그 랜트 황태자를 말하는 겁니다. 이 멍청한 인간들은 설명을 해 줬는데 자신들이 무슨 짓을 저지르는지 몰라요."

"그 멍청한 인간들에게 뭘 얘기해 줬는데요?"

"흑탑의 계획. 과거의 신이라고 불리는 자들을 소환하려 하고 있어요."

"…신을… 소환한다고요?"

"한때 드래곤으로 불리기도 했죠. 실상은… 아무튼 그 신들 중에 신들의 신, 악마의 신이라고 불렸던 마루가 소환되기라도 한다면 이 세상이 어떻게 될 것 같아요?"

테라포밍이니 신들이 이세계의 사람들이란 말은 삼켰다.

"지옥이 도래할지도 모르겠네요."

"맞아요. 그런데 이 멍청한 작자들은 땅덩어리를 어떻게 넓힐까 그 생각뿐이죠. 성질 같아선 다 죽여 버리고 싶습니다."

"저 역시 그러고 싶네요. 근데 아우스 님은 소환을 막으려는 거예요?"

"네, 그러려고 했죠."

"쉽지 않았나 보군요?"

"도와줘도 시원찮을 판국에 방해를 하고 있으니까요. 흑탑의 목적이 뭔지 알아요? 바로 발칸 시티 주민들의 죽음입니다. 이들의 죽음으로 발생한 어둠의 에너지로 소환을 하려는 거예요."

묻는 질문에 두서없이 대답하는 꼴이었다.

근데 정말 경험이 많은지 그녀는 나의 입에서 흑탑이 전쟁을 유도했다는 것까지 말하게 만들었다.

"하아~ 아우스 님의 말에 추측은 있을지언정 한 치의 거짓이 없네요. 그런데 그것이 절 더 두렵게 만드네요."

말처럼 그녀의 몸에선 두려운 기색이 몽글몽글 솟아나고 있었다.

그러면서도 할 얘기는 확실히 했다.

"이제 다시 얘기를 원점으로 돌리죠. 현재 당신에겐 흑탑의 음모를 막을 방법이 없어 화가 난 건가요?"

"그러한 면이 없잖아 있죠. 방법이 없는데 모두가 돌아앉아 버렸어요. 그런데 왜 제가 그들을 위해 노력해야 하죠? 차라리 소환된 신의 앞잡이가 되고 싶은 심정입니다."

"…당신은 충분히 화낼 자격이 있어요."

그녀는 그 말을 던져놓고 한참 동안 아무 말도 하지 않았다.

난 마지막 남은 와인을 마시고 일어났다. 솔직히 마음속에 있던 말을 모두 뱉어내고 나자 한결 편안했다.

"고해, 간혹은 할 만하군요. 들어줘서 고마웠습니다. 부디 아라 님의 은총이 신전에 닿길 바랍니다."

"떠나려고요?"

"아뇨. 이제 자러 갑니다. 내일 한바탕 트잡이질을 해볼 생각입니다. 그것도 실패한다면 전 이제 이 일에서 손을 뗄 생각입니다."

"그래선 안 돼요! 많은 이가 죽게 될 겁니다."

"그럼 내일 제가 성공할 수 있기를 기도해 주세요, 아라 님."

막 나가려는데 아라 신녀는 소리쳤다.

"내일 아침에 떠나지 말고 기다려 주겠어요? 방법, 한번 생각해 볼게요."

"…도와주시겠다는 겁니까?"

"좋은 방법이 있다면 기꺼이. 그리고 돕지 않으면 우리도 마찬가지로 죽잖아요."

도와줄 사람이 없다는 고백을 신이 들은 모양이다.

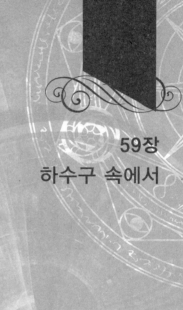

59장
하수구 속에서

어젯밤의 금화 덕분이었는지 신녀를 만난 일 때문인지 아침 식사는 저녁보다 좀 더 좋았다.

적어도 배고픔에 바닥을 긁을 필요는 없었다.

"신녀님이 세 분을 만나겠다고 했습니다."

마음을 차분하게 해준다는 차를 마시고 있을 때, 베스 신관이 와서 말했다.

"신녀님의 현재 건강 상태가 좋지 않아 발을 드리우고 얘기를 해야 합니다. 부디 기분 나빠하지 말아주시기 바랍니다."

"이해하네."

"감사합니다. 이쪽으로 들어가시면 됩니다."

안으로 들어가자 의자 세 개가 품(品) 자 형태로 놓여 있었고 중간에 발이 쳐져 있었다. 그리고 발 너머에 아라 신녀가 서서 기다리고 있었다.

"어서 오십시오, 페르칸 황제 폐하. 미천한 신의 종이 이렇게 인사드리게 되어 죄송합니다. 신녀 아라입니다."

발 사이로 인사하는 모습은 정말 신녀처럼 품위가 넘쳤다.

"괜찮네. 전대 신녀는 떠났겠군."

"네. 조금 전 기도의 방으로 갔습니다."

"정이 깊었나 보군. 목소리에서 상심이 느껴지네."

"그렇습니다. 부디 편하게 앉으세요."

"그러지."

황제가 앉자 신녀도 앉았다. 나와 테린은 역시 황제와 조금 떨어져 앉았다.

"실종되었다고 들었는데 무사하시니 다행입니다."

"돌아왔지만 들어갈 집을 아들놈이 차지하고 있어서 마음이 편치 못하다네."

"어머니인 전임 신녀께서 그저께 일이 있어 황태자님을 뵈었다고 하시더군요."

"…그런가?"

"황제 폐하께서 많이 아프시다는 말을 들었답니다. 한데 제가 보기엔 전혀 그렇게 보이지 않는군요."

"마음은 아프다네."

상황이 상황인지라 예의상 하는 말은 금세 끝났다.

황제는 단도직입적으로 말했다.

"내가 찾아온 이유가 간단하다. 과거의 약속대로 아라교의 도움을 받고 싶다."

"과거 맹약의 계약서를 봤습니다."

무슨 생각일까. 그녀는 보는 사람이 조급함을 느낄 만큼 뒷말을 잇지 않았다.

'방법을 찾지 못한 모양이군.'

별로 기대하지 않았다.

그녀가 하룻밤 만에 대단한 반전을 생각할 수 있을 정도로 흑탑의 음모가 허술하진 않았다.

황제가 막 입을 열려 할 때 그녀의 입 역시 떨어졌다.

"계약서에 발칸 제국이 위기에 처하면 아라교가 사력을 다해 돕도록 되어 있더군요."

"내가 알기로도 그러네."

"한 가지 묻겠습니다. 황제 폐하께서 생각하시기에 발칸 제국의 위기인 것이 맞습니까?"

"…아니라 말하고 싶은 겐가?"

황제의 입꼬리가 실룩거렸다.

"제가 보기엔 황실이 자초한 일이고 황실의 위기로 보여서 말입니다."

"발칸 황실이 곧 발칸 제국이다!"

"…그렇군요. 알겠습니다. 돕도록 하겠습니다."

확실히 정상적인 여자는 아니다.

이상한 질문을 하기에 돕지 않겠다고 말하기 위해 밑밥을 까는 거라 생각했는데 의외로 순순히 돕겠다고 말한다.

"다만 저희 교단은 현재 그랜트 황태자가 장악하고 있는 황실에 대항할 힘이 없어요. 저흰 무력 단체가 아니라 종교 단체거든요."

"그래서 어떻게 돕겠다는 건가?"

"황궁에 침투할 수 있도록 도와드리죠. 그것이 저희가 해드릴 수 있는 전부입니다."

"휴우~ 이보게, 신녀. 현재 어떤 상황인지 모르나 본데 잘 못하면 신전의 모든 사람이 죽게 될 걸세."

"왜 그렇죠?"

신녀는 어제 나에게 들었음에도 짐짓 모른 척했다. 그리고 황제가 들려주는 얘기를 경청했다.

나 때완 달리 맞장구도 한번 치지 않았다.

"알겠나? 만일 흑탑 놈들의 계획이 성공하면 제국 황실은 물론이고 제국이 망하네."

"그렇군요."

"하아? 그렇군요? 그게 단가?"

"특별한 반응을 예상하셨나요?"

"이해를 못 하는가? 우리가 실패하면 여기 신전에 있는 사람들 모두가 죽을 거네."

"아주 잘 이해하고 있어요. 죽게 되겠죠. 근데 그게 뭐요? 만일 저희가 황제 폐하를 도왔는데 계획에 실패하면요? 예상하고 있는 일이 발생하지 않는다면 어떻게 될까요? 또한 발생하더라도 황태자가 살아 있다면요? 그땐 발칸 제국 내에 있는 형제자매들이 탄압을 받게 될 게 불 보듯 빤한데 나서야 하나요?"

"죽음이 두렵지 않은가?"

"전 제 목숨의 무게가 다른 사람과 다르지 않다고 생각해요."

"한 가지 생각 못 한 것이 있는 것 같군."

"뭔가요?"

"우리가 계획을 막고 내가 다시 황좌에 오른다면 그때 내가 과연 아라교를 어떻게 할 것 같나?"

"미천한 제 목숨으로 화를 풀기를 바라야죠."

"어느 쪽인지 모를 자들을 품으리라 생각하는가?"

"성공하길 아라 님께 빌겠습니다."

그녀는 더 이상 쓸데없는 말싸움은 피하겠다는 듯 축복을 하는 것으로 입을 닫았다.

"가지."

"전 잠깐 신녀님과 얘기 좀 하겠습니다."

"할 수 있다면 해보게."

두 사람이 나가고 난 후 어느 정도 멀어졌을 때 맨 앞의 의자에 앉으며 입을 열었다.

"왜 그러신 겁니까?"

"뭐가요?"

"황제의 성질을 왜 긁었느냐고 묻는 겁니다."

"홋! 보였나요?"

"그가 어떤 사람인지를 떠본 겁니까?"

"잘 아시네요. 맞아요. 사실 밤새 고민한 끝에 두 가지의 방법을 생각했죠. 사실 이곳에 오기 전까지도 그 두 가지로 고민을 했어요."

"황제가 마음에 안 들었나 보군요?"

"네. 솔직히 '황실이 제국이다!'라고 말할 때 그냥 황태자에게 가서 말하려고 했어요. 그게 진심으로 하는 말일 줄이야."

"제게 어제 말했던 이들과 그가 다를 거라고 생각했습니까?"

똑같음을 진즉에 알고 있었다.

나한테 구함을 받아서, 그리고 황제의 자리를 잃어서 의기소침해 있을 뿐이지 그는 황태자로 태어났고 지금까지 황제로 산 사람이었다.

"기대를 했죠. 재미있는 건 뭔지 알아요?"

난 어깨를 으쓱하는 것으로 대답을 대신했다.

"당신과 황제, 두 사람이 똑같은 얘기했는데 한 사람은 발칸 시티의 시민을 걱정해서, 다른 한 사람은 황실을 걱정해서 말하더군요."

"하나도 재미없군요. 정말 황제의 말처럼 되면 어쩌려고 그런 겁니까?"

"성공하면 당신이 황제를 죽여주면 되죠."

"제가 왜요?"

"아까 황제에 대한 적대감이 보이던데요."

황제와 얘기하면서 잘도 내 감정을 살폈구나. 그러나 그건 페르칸 황제에 대한 분노가 아니었다.

"어제 말했듯이 권력자들에 대한 분노이지 살기가 아닙니다만."

"아! 그런가요? 어떻게 하죠?"

그걸 나한테 묻다니. 그녀를 신녀로 모시는 아라교 신관과 신자들이 불쌍하다.

문득 그 모습이 웃겨서 물었다.

"한데 궁금한 것이 있는데 신녀님이 누군가를 죽여달라고 해도 됩니까?"

"저희 교리에 나쁜 놈은 치료하지 말라는 교리가 있어요. 또한 악인을 죽이는 데 망설임을 가지지 마라는 교리도 있고요."

"처음 듣는군요."

"물론이죠. 행하되 말하진 않으니까요."

"모두를 사랑하라는 게 보통 교단의 교리 아닙니까?"

"저희 교단에선 그건 오크가 하품하는 소리예요. 악인은 사람이 아닙니다."

"황제가 악인입니까?"

"권력자에게 무지와 무능도 악입니다."

신녀가 독특한 게 아니라 아라교 자체가 좀 독특한 것 같다.

"저도 궁금한 점이 있는데 물어봐도 될까요?"

"황제처럼 떠보는 거라면 사양하죠."

"조금 전에 두 가지 방법이 있다고 했는데 난 당신에게 결정권을 주고 싶어요."

"내가 전력을 다해 돕는 걸 선택하면 어쩌려고요?"

"그래도 따를 거예요."

"하아~ 뭘 믿고요?"

"자신의 일도 아닌데 열심히 뛰어다니는 모습을 보고 믿음이 간다고 하면 설명이 되나요?"

"약간요. 좋아요. 말하지 않는 방법에 대해서 설명해 줘봐요."

"별것 없어요. 사람들을 선동해서 내성을 장악하거나 발칸 시티를 떠나는 거죠."

"모두 죽을 겁니다."

"이래 죽으나 저래 죽으나 마찬가지 아닌가요?"

"아뇨. 선동을 선택하면 반드시 죽지만 제가 말한 건 예측에 불과할지도 모른다는 가능성이 있죠."

"그래서 아까 제가 제안한 방법을 쓴다고요?"

"네."

"역시 황제랑 다르군요."

"아뇨. 전 당신이 제안한 방법이 더 가능성이 높다고 생각하고 있어요."

"사람들의 죽음을 책임지기 싫은 건 아니고요."

"훗! 전쟁을 시작하고 얼마나 많은 이를 죽였는지 알면 그런 소리 못 할 겁니다."

"알았어요. 약속한 대로 당신이 의견에 따르죠."

"언제쯤 가능합니까?"

"이번 주말에 황궁에서 일하는 이가 신전으로 올 거예요. 그녀는 무척 신심이 깊죠. 다음 날 그녀와 함께 가면 될 거예요."

"부디 잘되길 바라야겠군요."

"아라 님께 빌어보세요. 그분은 언제나 믿는 자에게 해답을 주십니다."

"그녀, 아니, 그분을 믿기엔 제가 세상에 대해 너무 많이 아는 것 같습니다."

접견실에서 나왔다.

주말이면 앞으로 이틀.

사흘 후에 황궁에 들어갈 수 있다면 기다리는 시간이 아깝지 않았다.

*   *   *

"두 분은 안에 계십시오."

굳이 말하지 않아도 됐다. 수도에서 황제가 돌아다니는 건 잡아달라는 얘기나 다름없으니까. 그러나 만에 하나 몰라 했다.

"어디 가나?"

"분위기도 살필 겸 볼 사람이 있습니다."

신전 문을 나서기 전까지 완벽하게 늙은 신관의 모습으로 바뀌었다.

"아라 님의 축복이 있기를."

"아라 님의 축복이 있길 바랍니다."

신관으로 변하니 병사들의 검문 따윈 없었지만 합장을 하는 이가 많았다.

나중엔 귀찮아서 그냥 고개를 숙이는 걸로 대신해야 했다.

외성 동쪽으로 한참 걷다 보니 익숙한 이가 집 앞에 계단에 앉아 멍하니 앉아 있는 것이 보였다.

'아버지.'

아우스의 생물학적 아버지였다.

10개의 기억을 가지고 있어 큰 감정의 동요는 없었다. 그저 아우스의 기억 때문인지 아련함 정도.

하지만 그 정도로라도 찾아올 이유는 충분했다.

'무슨 걱정이 있으신가?'

그는 담뱃잎을 만 담배를 피우며 하늘이 무너질 듯 한숨을 내쉬었다.

집 안의 기운을 살펴보고 나서야 그의 근심을 알 수 있었다.

'…어머니가 아프구나.'

당장 달려가지 않고 감시자가 있는지를 살폈다.

'감시자가 완전히 사라졌구나.'

과거에 왔을 땐 꽤 많았었다.

젠느가, 뮤트 제국 정보상이었던 블랙이, 미헬라가 사람을 붙였던 거다. 한데 지금은 아무도 없다.

20분 정도 서성이며 주변을 살핀 후 다가갔다.

"안녕하시오?"

"아! 아라교의 신관님이시군요."

아버지는 얼른 일어나서 인사를 했다.

"지나가다 땅이 꺼지게 한숨을 쉬는 소리가 들려 걸음을 멈췄습니다. 무슨 근심이라도 있으십니까?"

"처가 아파서……."

"아라교 신전이 있는데 왜 가지 않았습니까?"

"다른 지역 신전에서 오신 분이신가 보군요."

"네? 아, 네. 얼마 전에 새로 왔습니다."

"신전에서도 포기를 했습니다."

"…대체 무슨 병이기에?"

"마나가 점점 빠지는 병이라 하더군요."

"잠시 볼 수 있을까요?"

"소용없겠지만… 그러십시오."

안으로 들어가자 해골처럼 마른 여인이 침대에 누워 헐떡이고 있었다.

퀴퀴한 냄새가 났지만 곧 머릿속에서 사라졌다. 심장이 미친 듯이 뛰었다.

'어머니……'

어머니를 닮았는지 그녀의 병든 얼굴에서 내 모습을 볼 수 있었다.

"신관님이 보기엔 어떠십니까? 영 가능성이……! 왜 그러십니까?"

날 보던 아버지가 깜짝 놀랐다. 그에 반문했다.

"왜요?"

"아, 아닙니다. 울고 계셔서……?"

"…그렇습니까?"

얼굴을 만져보니 축축했다. 나도 모르게 눈물을 흘렸나 보다.

"너무 놀라지 마십시오."

아버지에게 미리 경고를 해준 후 본래의 모습으로 돌아왔다.

갑자기 모습이 바뀌어서인지 아버지는 놀란 표정을 지을 뿐이었다.

아무 말 없이 그가 진정될 때까지 기다리자 잠시 후 정신을 차리고 눈을 좁히며 바라봤다.

그러다 그의 눈이 살짝 커졌다. 대충 상황을 이해하고 눈치를 챈 모양이다.

"…아, 아우스?"

"예. …아버지."

의외로 아버지라는 말이 쉽게 나왔다.

"…너, 널 지켜주지 못해서 미안하구나."

그는 마치 연기하는 서커스단 배우처럼 순식간에 눈물을 흘리며 다가왔다.

"노예가 무슨 힘이 있나요. 어쩔 수 없는 상황이었다는 거 알고 있습니다."

아버지는 내 두 손을 잡고 꼭 쥔다.

"…이해해 줘서 고맙구나. 네가 뮤트 제국에 잘 살고 있다는 얘기를 들었을 때 정말 기뻤단다."

"이제야 찾아와 죄송합니다."

"아니다! 우린 네가 살아 있다는 것만으로도 충분히 만족한다. 아무렴! 만족하고말고."

아버지도 나도 더 이상 말하지 못했다. 그저 잡고 잡힌 두 손으로 서로의 감정을 주고받았다.

한참이 지나서야 정신을 차렸다.

"어머닌 언제부터 아프셨어요?"

"6개월쯤 됐다. 갑자기 시름시름 앓더니 점점 정신을 차리는 시간이 짧아졌다. 겨우 아라교에 신청해 둔 차례가 되어 신관이 왔지만… 그들이 볼 때만 잠깐 정신을 차릴 뿐 결국 고치지 못했다."

"일단 제가 좀 보겠습니다. 리커버리!"

주변의 마나가 모여 어머니의 몸에 스며들었다. 그리고 치유의 능력을 발휘했다.

"…으……."

8서클 마도사인 나의 리커버리는 잘린 팔까지 순식간에 원래대로 붙일 만큼 강력하다. 근데 짧은 신음을 뱉는 것으로 끝났다.

"식사를 못 한 지 얼마나 되셨습니까?"

"일주일이 넘었다. 겨우 물만 먹였다. 어떻게든 먹여보려 했는데 기도가 막힐 뻔해서 그 다음부턴 시도도 못 했다. …미안하다."

"알아보려는 거지 탓하려는 게 아닙니다."

물을 만들어서 그녀의 입에 살며시 흘려 넣은 후, 그녀의 몸을 마보세로 차분히 살폈다.

스며들었던 마나가 몸에 잠시 머물다가 슬금슬금 밖으로 나왔다.

몸 어딘가에 구멍이 난 것이 분명하다.

지금까지 아라교 신관들도 힐링이나 큐어 같은 마법을 썼을 테니 육체적인 상처 때문은 아닐 것이다.

어머니의 손을 잡았다.

마나를 밀어 넣을 작정으로 잡은 그녀의 손은 굳은살과 흉터가 가득했다.

'무슨 일을 하셨기에……. 돈은 크게 부족함이 없으셨을 텐데.'

블랙에게 맡긴 것이 있었다. 허튼짓을 할 사람은 아닌데 혹시나 그랬다면 후회하게 만들어줄 생각이다.

상념을 지우고 마나를 조금씩 그녀의 팔로 보냈다. 어디가 이상이 있는지 찾을 작정이다.

'몸이 이 정도로 엉망이라니.'

마나가 움직이는 길이 거의 다 막혀 있었다.

다행히 꽉 막혀 있진 않았지만 무리하게 밀어 넣으면 찢어져 버릴 것처럼 얇았다.

"…어떠냐?"

"몸이 생기가 너무 부족합니다. 일단 몸을 회복시켜야 할 것 같습니다."

"신관들도 그랬다. 몸에 붙잡을 방법이 없다더구나."

"그렇습니까? 혹시 어죽을 구할 수 있는 있을까요?"

그들의 판단이 맞는다면 치료할 수 있을 것 같았다. 물론 시간이 없다는 것도 문제였다.

본래 여기서 빼내서 뮤트 제국이나 도란스 삼국으로 보내려고 했는데 이러면 곤란했다.

다른 손으로 발칸 제국의 금화를 건넸다.

"돈은 충분하다. 금방 구해 오마."

"이거 가져가세요. 조금이라도 상관없습니다. 지금은 어차피 많이 드시지 못하니까요."

"알았다. 금방 다녀오마."

"그리고… 아닙니다."

다른 사람들에게 자신에 대해 말하지 말라고 하려다가 말이 길어질 것 같아 입을 닫았다.

한데 역용을 했던 것 때문인지 아버지는 대충 눈치를 챈 것 같았다.

"걱정 마라. 너에 대해선 아무에게도 말하지 않겠다. 다녀오마."

아버지가 떠난 다음 마나 집적진을 새길 나무판이 있을까 둘러보았다.

그러다 거실 한쪽에 있는 수십 개의 작은 나무조각상이 서 있는 것을 볼 수 있었다. 사람의 형태라는 것만 알 정도로 형편없는 조각상부터 제법 사람 형태를 갖춘 조각상까지.

손때가 묻어 반질반질 것도 있었고 나무 냄새가 날 정도로 최근 것도 있었다.

조각상의 아이는 점점 커서 성년이 되어가고 있었다.

"어머니는… 손재주가 참 없으셨네."

형편없었지만 그 조각상이 누구라는 건 쉽게 알 수 있었다. 아까 아버지가 그랬듯이 갑자기 눈물이 주룩 흘렀다.

"…나 참, 요즘 기분이 너무 들쑥날쑥이네. 감정이 고장이라도 난 건가?"

얼른 눈물을 닦고 다시 나무판을 찾았다.

결국 다인용 등받이 의자를 잘라 나무판을 만들었다. 그리고 마법진을 새겼다.

어죽을 사온 아버지는 잠깐 당황했지만 방해하지 않으려는 듯 한쪽에 앉았다.

"마법을 배운 거냐?"

"네. 그 덕에 광산에서 탈출할 수 있었어요."

"내 아들이 마법사가 됐을 줄이야. 결혼은?"

"아직……."

"마법사라면 여자들에게 인기가 있을 텐데. 사귀는 사람은 없니?"

"셋이 있습니다."

"…허허, 그러냐? 예쁘냐?"

아버지가 어색함을 없애려 하는 질문임을 알기에 군소리 없이 대답했다.

"예쁩니다. 한 명은 뮤트 제국 백작가 여식이고, 한 명은 스스로의 힘으로 플린 왕국의 남작이 된 여자입니다. 그리고 마지막은… 엘프입니다."

"……."

쟁쟁한 여자들이라서 그런지 아버지는 말을 못 했다. 그래서 대수롭지 않게 말했다.

"마법사라 인기가 조금 있습니다."

"…그, 그렇구나. 네 어미가 알았다면 좋아했을 텐데."

"곧 아시게 되겠죠. 다 됐네요. 잠시 여기에 집중하겠습니다."

투명 손으로 어머니를 올렸다.

"허억!"

어머니가 공중에 떠오르자 아버지는 뒤로 넘어질 듯 깜짝 놀라셨다. 그러나 커다래진 그의 눈은 쉽게 원래대로 돌아오지 못했다.

침대의 일부가 떠올랐고 나무판자들이 살아 있는 듯 그 밑으로 가 조립됐다.

마법진이 활성화되고 그 위에 어머니가 안착하고 나서야 아버지는 입을 열었다.

"…대단하구나. 마법이 어느 정도 되어야 그런 걸 할 수 있는 거야?"

"6서클 정도면 가능합니다."

"6, 6서클!"

서클에 대해선 들어본 적이 있으신가 보다.

"네가 6서클이란 말이냐?"

"네. 그 정도 합니다."

8서클이라 말하면 뒷목을 잡고 쓰러질 것 같은 분위기라 6서클이냐는 말에 고개를 끄덕였다.

기다리고 있을 시간이 없어 마나 집적진을 내 마나로 가득 채웠다. 그 상태에서 다시 리커버리를 펼쳤다.

"…으, …으~"

이번엔 확실히 효과가 있었다.

물을 만들고 그 속에 아주 작은 블루 마나석을 넣었다. 마법을 이용해 녹여 입에 흘려 넣고 나머지는 통에 담아뒀다.

"…여… 보."

"응! 나 여기 있어! 정신 차려. 누가 왔는지 보면 깜짝 놀랄거야."

"……"

너무 오랫동안 굶어 몸이 너무 약했다. 잠깐 정신을 차렸지만 금세 정신을 잃었다.

어죽에 블루 마나석을 녹인 물을 더해 아주 묽게 만들었다.

"이걸 천천히, 꾸준히 먹여주세요. 몸에 좋은 거니 아버지도 드세요."

"왜? …가려고?"

"내일 다시 올게요. 해야 할 일이 있거든요. 그리고 내일 어머니 상태를 보긴 해야 하는데, 신전이나 다른 곳으로 옮겨야겠습니다."

"무슨 일이 있는 거야?"

"저한테 문제가 있는 게 아니라 발칸 시티가 불안한 상태라… 아무튼 내일 어머니 상태를 보고 다시 말씀드릴게요."

"알았다. 꼭 들르렴. 네 어미가… 좋아할게다."

"내일 봬요."

내가 떠날까 두려워하는 듯 보였지만 어떤 설명으로도 안심시킬 수 없을 터였다.

한 군데 더 들러야 할 곳이 있었다.

다시 역용을 하고 걸음을 옮긴 곳은 지론 남작가. 내성에 있었으면 포기했을 것이다.

떠날 때와 달라진 것은 별로 없었다.

예전에 만들어놓은 훈련 도구들은 여전히 정원 한편에 있었고 그곳에 처음 보는 얼굴들이 열심히 땀을 흘리고 있었다.

"정신 똑바로 차려라! 지금 흘리는 땀이 너희들이 전장에서 흘리는 피를 대신할 것이다!"

크진 않지만 엄격함이 느껴지는 여자의 목소리.

'루시.'

사실 이곳까지 와야 하는지 고민했었다. 그러나 결국 마음이 이끄는 대로 따르기로 했다.

"신관님, 무슨 볼일 있으십니까?"

서성이자 문을 지키고 있던 병사가 물었다.

"루시 경을 보러 왔다네."

"루시 단장님을요? 아시는 사이입니까?"

"전 단장과 친하다네."

"전 단장이요? 아! 저 사악한 훈련 도구를 만든 분 말이죠. 으~"

훈련 도구를 만든 사람으로 인식되고 있다니.

"맞네. 그러니 그렇게 전해주게."

"알겠습니다. 잠시만 기다리십시오."

병사는 얼른 그녀에게 가 말을 전했고 루시는 후다닥 뛰어왔다.

"신관님께서 아우스에 대해 안다고 하셨습니까?"

"그렇다네. 그가 전하라는 말이 있어 왔는데 조용한 곳에서 얘기할 수 있을까?"

"아무 말도 없이 훌쩍 떠나 버린 빌어먹을 놈이 무슨 할 말이 있다고… 들어오세요."

그녀는 기사단이 쓰는 별관으로 안내했다.

"차는 뭐로 드시겠습니까?"

"커피가 있는 것 같은데 난 그걸로 주게나."

"…입이 상당히 고급이시군요."

비싼 걸 달라니 아까운 모양이다.

"내가 전하는 말은 충분히 그 가치가 있을 걸세. 아니라면 내가 점심을 사지."

"연세가 지긋한 분이 작업이라니… 교단에서 알면 참 좋아하겠군요."

"우리 교단은 결혼도 할 수 있다네."

"…유유상종이라더니. 어쩜 그리 아우스랑 닮았습니까. 타드릴 테니 헛소리일랑 넣어두고 본론부터 얘기해 주세요."

루시는 투덜거리면서도 커피를 내려서 주었다.

"음, 어디서부터 얘기를 할까. 현재 수도에서 일어나는 일에 대해 얼마나 알고 있나?"

"그런 질문을 하는 저의가 궁금하군요."

"내가 적의 염탐꾼이라도 된다고 생각하나 보군."

"가능성은 충분히 있죠. 아우스라는 이름을 듣고 그냥 떠보러 온 첩자."

"기사단 생활을 할 때 두 사람이 같은 방을 썼고, 샤워를 하고 나와서 아우스를 덮쳤다고 하던데."

"더, 덮치긴 누가 덮쳐요!"

"믿지 못하는 것 같아서 아우스에게 들은 말을 그대로 하는 것뿐이라네. 가슴이 작아서 거절했다던데."

"끄악! 그 미친놈! 젖소랑 떡을 쳤나."

"큼! 예쁘장한 기사단장이 말은 거칠군."

"이놈의 자리가 이렇게 만들더군요."

"아무튼 더 얘기해 주면 믿겠나?"

"됐습니다. 적들이 수도를 치러 온다고 소문에 현재 비상 대기 중입니다."

"그런가. 아우스가 그러더군. 현재 적들보다 더 무서운 일이 수도에서 벌어질지도 모른다고."

"더 무서운 일이라니요?"

"수도의 모든 제국민의 몰살."

"…농담이죠? 발칸 시티까지 와서 행패를 부릴 순 있어도 몰살이라니요."

"믿기지 않나 보군?"

"얼토당토않게 갑자기 그런 말을 한다면 믿을 사람이 몇 명이나 될까요?"

"이해하네. 하지만 믿게. 자세히는 말을 못 하지만 현재 그랜트 황태자는 위험한 자들과 손을 잡았네. 남작님의 가족들은 모두 이곳에 있나?"

"…하스톤 준남작님은 하란에 있습니다만."

"그럼 지론 남작님과 제인 부인, 제언이 이곳에 있다는 말이군."

"당신… 도대체 어떻게 그 이름을?"

"아우스가 말했네. 아무튼 하란의 제인 상회가 도적에게 습격을 당했다는 핑계를 대서라도 최대한 데리고 수도를 떠나. 믿고 안 믿고는 루시 경이 판단하게. 내가 해줄 수 있는 건 여기까지뿐이네."

루시는 입술을 깨물며 진의를 파악하고자 노려보듯이 날 바라봤다.

"참! 한 가지 더. 전장에 투입됐던 펜딕은 살아 있어. 지금 뮤트 제국에 있지. 다른 이들은 모르겠어. 부디 내 말을 믿길 바라지."

커피를 마시고 일어났다.

몇 가지 힌트를 말하는 도중 섞어서 줬으니까 곰곰이 생각하면 진의 여부를 알 수 있을 것이다.

'아니라면 이들의 운명은 여기까지인 거지.'

자세하게 얘기해 주는 건 오히려 죽이는 결과를 만들 수도 있었다.

막 문을 열고 나가려 할 때였다.

"…당신, 아니, 너 아우스지?"

힌트를 너무 많이 준 건가, 아님 그녀가 머리가 좋은 건가. 후자이길 바랐다.

"아우스라고 하기엔 너무 늙지 않았나? 아무튼 축하해. 그 나이에 5서클에 엑스퍼트라니. 무술을 완전히 익혔나 보네."

"맞네! 너……!"

루시가 뭐라고 하기도 전에 문을 나선 후 닫아버렸다. 그리고 지론 남작의 집을 벗어나고 나서야 풀어줬다.

*   *   *

다음 날, 집으로 가니 어머니가 깨어 있었다.

울면 체력이 떨어진다고 했음에도 어머닌 나를 붙잡고 한참을 울었다.

눈물이 나려 했지만 이번엔 충분히 감정 조절이 가능했다.

"두 분을 데리고 떠나는 게 맞는데 해야 할 일이 있습니다. 이런 상태의 어머니를 밖으로 보내면 그 또한 위험하니 제가 돌아올 때까지 아라고 신전에서 기다려 주세요."

"그야 상관없다만 그분들이 허락하니?"

"신녀에게 말을 해서 방을 하나 얻었습니다."

"신녀님과도 아는 사이냐?"

"어쩌다 보니 알게 됐습니다. 넉넉하게 그리고 어머니는 한동안 그 위에서 생활하셔야 할 겁니다."

"제대로 움직이지도 못하는데, 뭘."

"그럼 챙기실 거 챙겨서 가죠."

옷과 돈, 음식과 생활용품 그리고 어머니의 조각들까지 적당히 챙겼다. 아공간 가방에 넣으니 그냥 산책 나오는 사람 수준이다.

"이건 아공간 지갑이에요. 사용법은 가방이랑 같아요. 만져보고 꺼내면 돼요. 이만 금쯤 들어가 있으니 필요한 때 쓰세요. 일단 두 분 다 손을 넣었다 빼보세요."

두 사람만 사용 가능 하도록 해놓고 아버지에게 건넸다. 필요 없다고 했지만 혹시 모를 대비는 해둬야 했기에 맡겼다.

정리를 끝내고 어머니를 안고 신전으로 향했다.

기도일이라 많은 신도로 북적이고 있었다. 그들을 뚫고 배정받은 방으로 갔다.

"아우스 님, 신녀님께서 찾습니다."

침대 밑에 마나 집적진을 설치하고 나자 신관이 찾아왔다.

"쉬고 계세요. 일하러 가기 전에 들를게요."

신관을 따라 신녀에게 갔다.

신녀는 중년 남자와 함께였다.

"어서 와요."

"네. 이분이 저흴 도와줄 분입니까?"

"그래요. 황궁의 지저분한 일을 도맡아하는 분이에요. 켈론 님, 계획을 말해주세요."

"예, 신녀님. 켈론이오."

"아우스입니다."

인사를 하고 맞은편 의자에 앉았다. 그는 길게 말하기 싫다는 듯 바로 본론으로 들어갔다.

"황궁의 지하엔 뭐가 있을 것 같소?"

"비밀 통로라도 있습니까?"

"비밀 통로라고 할 수도 있겠구려. 바로 황궁에서 나오는 오물이 흘러드는 하수구가 있소."

"텔레포트 마법진으로 오물을 처리하지 않습니까?"

"내궁에서나 사용하오. 많은 곳은 아직도 과거의 하수구에 버리오. 그리고 설령 내궁에서 텔레포트 마법진을 이용한다고 해도 오물이 어디로 사라지는 것이 아닌 이상 어디로 가겠소."

"하수구겠군요."

"그렇소. 천 년 전부터 만들어져 증축의 증축이 거듭되어 복잡하긴 해도 황궁의 내궁은 물론 심궁까지도 이어져 있소."

"정말 비밀 통로군요."

천 년 전에는 텔레포트 마법진이 없었다. 그러니 지하도가 중심부까지 뻗어 있다는 추측은 합당했다.

켈론의 말을 들으니 충분히 침입이 가능할 것 같았다. 물론 지하에 마나 제어 마법진이 없어야 했다. 아님 오물에 질식해 죽을 수 있다.

"그럼, 하수구가 연결된 곳으로 들어가면 됩니까?"

"아니오. 그곳엔 철창은 기본이고 마법진까지 있어서 직접 궁으로 들어가는 것만큼 힘드오."

"그럼?"

"내가 이 일을 20년을 넘게 했소. 그러다 보니 어떻게 하면 오물이 역류하는지도 알고 있다오."

"아! 오물이 역류하면 외부의 사람을 부르게 될 테고 그때 우리가 침범하면 되겠군요."

"맞소. 인력 시장에 가서 서성이고 있으시오. 병사들이 가면 그때 무슨 일이 있더라도 지원해서 안으로 들어가면 될 거요."

"그 다음은 우리가 알아서 하면 됩니까?"

"들어갈 때 내가 안내하게 될 거요. 그때 내가 한 방향을 가리키며 위험한 곳이니 얼씬도 말라고 할 거요. 그럼 그쪽으로 가면 되오."

"이해했습니다. 감사합니다."

"감사는 신녀님께 하시오. 내가 지금까지 그 일을 할 수 있었던 건 신녀님 덕분이니. 참! 오물에 대한 준비를 확실히 해두는 게 좋을 게요. 얼마나 헤맬지 모르니 말이오."

마나를 쓸 수 있다면 모를까, 못 쓸 때도 대비를 해야 했다.

"어떻게, 계획은 마음에 드나요?"

켈론이 가고 나자 신녀가 물었다.

"내가 상상했던 어떤 계획보다 훌륭하군요."

"황제도 데리고 갈 건가요?"

"신녀께서 사람을 미워해도 되는 겁니까? 그건 죽으라는 소리 아닙니까?"

"신녀도 사람이랍니다. 특히나 협박을 한 사람을 좋아할 수는 없죠."

"아무튼 고맙습니다."

"꼭 막아주길 바라요."

"…네."

솔직히 자신 없다.

계획을 듣기 전보단 불안감이 덜했지만 완전히 없어지지 않았기 때문이다.

불안한 마음을 감추고 황제에게 갔다. 그리고 켈론 얘긴 빼고 하수구로 침입할 것임을 밝혔다.

"과연! 하수구를 이용할 생각을 하다니. 그랜트 그놈은 생각도 못 하고 있을 거야. 당장 준비를 해야겠군."

"황제 폐하, 같이 가실 생각이십니까?"

테린은 내 말을 듣고 얼마나 위험한 곳인지를 알아챘다. 황제만 그 사실을 모를 뿐이다.

"가면 황제만 할 수 있는 것이 있다."

"그게 무엇입니까?"

"미안하네. 밝힐 수 없네."

참 비밀이 많은 인간이다.

그가 나를 믿지 못하고 있다는 걸 안다.

몸이 낫고 수도와 가까워질수록 그는 흑탑에서 고생하던 것을 잊고 과거의 황제로 돌아가고 있었다.

"괜찮습니다. 위험하긴 해도 폐하가 가는 것이 그랜트 황태자의 음모를 막는 데 도움이 될 겁니다."

"물론이네. 실종된 내가 나타나면 신하들이 동요할 걸세."

"그럼 그렇게 알고 준비하러 나가보죠."

"저도 다녀오겠습니다."

테린과 함께 나왔다.

"왜 막지 않았나? 젊은 우리도 버틸 수 있을지 장담하지 못하는 곳일세."

"테린 백작님이 막아보시죠."

"내 말을 들을 분이 아니네. 은인인 자네의 말이라면 분명 들으실 거야."

"아뇨. 페르칸 황제는 절 믿지 않고 있습니다."

"그게 무슨……."

"모른 척 안 하셔도 됩니다. 혼자 미친 짓하고 있다고 생각하면 그뿐입니다. 이번 시도가 마지막입니다. 실패하든 성공하든 떠날 겁니다."

"…미안하네."

자유롭게 살던 사람이 사랑을 얻더니 자유를 잃은 모양이다. 심각한 그의 표정에 농담을 했다.

"자유의 기사라는 타이틀은 제가 가지겠습니다."

"후후! 떡의 기사도 가져가게."

"그건 사양하죠."

우린 강의 어부들이 방수를 위해 입는 옷과 광산 일꾼들이 사용하는 마스크 두건 등을 구입한 후 신전으로 돌아왔다.

*　　　*　　　*

나와 테린은 역용을 했고 페르칸 황제는 수염과 머리를 검은색으로 염색해 젊어 보이도록 했다.

그리고 든든히 아침을 먹고 인력 시장으로 갔다.

"예전에 많았는데 사람이 없군."

인력 시장에 대해 아는지 테린이 중얼거렸다.

"외성 밖의 주민들과 배급제를 실시하면서 없어진 것이겠죠."

"하긴 배급을 하는데 일부러 일하러 나오는 사람이 없겠군.

그나저나 이러다가 오히려 오해받는 거 아닌지 모르겠네."

"근처에서 술이나 한 병 사와서 이곳에서 놀고 있는 척하죠. 아마 강제 동원을 하려 할 겁니다."

"그게 좋겠군."

황제는 앉아 있고 테린과 나는 동화로 동전 던지기를 하며 큰 소리로 킬킬댔다.

던지는 족족 가운데로 던지고 그 동전을 맞히는 일이 반복되니 재미가 없었다. 그러나 곧 서로 마나를 이용해 방해하고 막음으로써 재미를 찾았다.

"오는군."

"그러네요."

부리나케 달려오는 이들이 있었다.

"하하하! 내가 땄다."

"빌어먹을! 그동안 집구석에서 동전 던지기나 하고 있었던 거야?"

텅 빈 인력 시장─그냥 공터다─을 보고 당황하는 병사들을 못 본 척하며 연기를 했다.

그들도 곧 머리를 굴렸는지 병사를 이끌고 온 기사가 사태를 파악하고 우리를 불렀다.

"어이! 거기 셋, 이리 와."

"…어이쿠! 기사님. 경비대에서 나오신 모양인데 그냥 심심해서 동전 치기를 한 것뿐입니다."

"됐고, 너희들 일 좀 해라."

"일요? 배급을 받는데 무슨 일을 해요?"

"이……! 배급의 2배, 아니, 3배로 넉넉하게 줄 테니까 얼른 이리 와!"

연기를 더 하면 맞을 분위기다. 우린 눈치를 주고받으며 그들 뒤에 가서 얌전히 섰다.

우리에게 말을 했던 병사는 다른 병사들에게 명령을 내렸다.

"모두 근방에 어슬렁거리는 놈들 서너 명씩 잡아와."

"예!"

배급제가 되면서 빈둥거리는 이들이 많아졌는지 병사들은 금세 주민들을 주렁주렁 달고 왔다.

"가자!"

기사는 짐짓 화가 난 표정으로 무리를 이끌었다. 그 탓이었는지 투덜대는 소리가 났지만 별다른 일 없이 그들이 이끄는 대로 갔다.

내성을 수월하게 지나 서쪽 구석진 곳으로 가자 작은 성문이 나왔다.

황궁이면서 황궁과는 실제로 별개인 곳.

"켈론 경! 일할 놈들 데리고 왔습니다."

켈론도 준남작인 모양이다.

"현재 황궁이 위기 상황이다. 여러분들의 도움이 절실하다."

그는 거창하게 황궁의 위기를 들먹이면서도 나를 찾는지

연신 두리번거렸다.

[접니다. 변장을 했으니 신경 쓰지 마세요.]

결국 위스퍼를 보내고 나서야 그는 안심을 한 듯 다음 명령을 내렸다.

"지금부터 주는 옷을 꼼꼼하게 챙겨 입어라. 똥독에 올라 고생하기 싫으면 말이다."

"또, 똥독이라니요?"

사람들은 이제야 상황을 파악한 것 같다. 하지만 아무리 황궁과 별도의 공간이라고 하지만 황궁에서 일하는 이들이었다.

우릴 데리고 온 기사가 살기를 뿜으며 말했다.

"설명할 시간 없다. 이 시간에도 많은 황궁 행정관이 곤욕을 치르고 있다. 당장 입지 않으면 곤히 집에 갈 생각 마라!"

강압적인 태도에 입을 닫고 옷을 입었다.

"꼼꼼하게 입으라는 말 못 들었나? 이게 장난인 줄 알아!"

켈론은 말투와 달리 마음은 착한지 한 명 한 명 옷 입은 걸 보고 고쳐주었다. 그리고 마스크까지 챙겨준 후에 말을 이었다.

"이제부터 내 뒤를 따라온다. 혹시라도 헛짓할 생각일랑 마라. 지금 가는 곳에서 길을 잃으면 죽음이다. 2시간 이상 머물 수 없으니 기억해라."

"저……."

"뭐냐?"

"화장실이……."

"그냥 옷에 싸라. 어차피 들어가면 똑같다. 나오면 적어도 1시간 이상 몸을 씻어야 한다."

켈론의 말은 건물에서 제법 떨어진 공원에 이른 후 지하로 내려가는 입구를 덮고 있는 여러 겹의 뚜껑을 열었을 때 증명이 되었다.

문을 열자마자 격하게 밀려오는 냄새는 죽음의 대지에서 맡았던 탄내 가득한 냄새보다 훨씬 나빴다.

"우욱! 우웩!"

한 명을 시작으로 대부분의 사람은 구토를 했다. 황제도 마찬가지. 오직 나와 테린만이 몸속 마나를 이용해 코를 막고 있었다.

구토를 하는 이들을 보며 혼을 낼 거라 생각했던 켈론은 의외로 덤덤하게 말을 했다.

"토할 수 있을 때까지 토해라. 어차피 안에서 토하나 밖에서 토하나 마찬가지니까."

구토를 겨우 멈춘 사람들 중 몇몇은 입구로 다가왔다가 다시 후다닥 도망가서 토했다.

"참 더러운 장면이군."

사람들이 계속 토하자 그 모습에 속이 안 좋은지 테린이 인상을 쓰며 중얼거렸다.

"그러네요. 근데 더러움 유발자들 중에 누구도 있군요. 저러다 쓰러지겠어요."

페르칸 황제는 정말 바닥을 벅벅 기고 있었다.

죽음의 대지에서 많은 고문을 당했다고 들었는데 흑탑이 지금 나는 냄새로 고문을 했으면 어떻게 되었을까 궁금했다.

"도와드려야 하나?"

"켈른 님 말 못 들었어요? 어차피 안에서 또 토하게 될 텐데요, 뭐."

"하긴, 따라온다고 하셨으니 감수하셔야지."

"꽤 냉정해지셨네요."

"어제 한마디 들었거든."

"무슨 얘기요?"

"자신이 황좌를 찾게 되면 차기 황제가 누가 될 것 같으냐고 묻더군."

"아! 설마 황녀님과 헤어지라고 하던가요?"

페르칸 황제라면 충분히 그러고도 남을 사람이다.

"직접적으로 얘기하진 않았어. 다만 나더러 황실 기사단 단장을 맡아달라고 하더군."

"단장은 결혼하지 말라는 법이 있습니까?"

"그건 아니지만 황실의 누군가와도 결혼하지 못한다는 법조항은 있지."

"…혹시 저 밑에서 놔두고 갈 생각은 아니죠?"

"……"

테린은 대답하지 않았다. 그러나 뿜어져 나오는 그의 감정을 보니 그럴 수도 있겠다 싶었다.

15분쯤 지나자 더 이상 토할 것이 없는지 헛구역질만 하며 모두 입구 앞에 모였다.

"자, 들어간다!"

다들 들어가는 게 죽기보다 싫다는 표정이었지만 뒤에 서 있는 기사들과 병사들의 모습에 결국 켈론을 따라 들어갔다.

*　　　*　　　*

똥물에도 물결이 있듯이 지하 하수구에도 마나는 있었다.

'욱욱'거리는 소리를 배경 음악 삼아 지나갈 때마다 켜지는 마나등의 불빛에 의지해 우리는 계단을 따라 아래로 내려갔다.

'꽤 깊군.'

지하로 20미터 이상 내려온 것 같다.

드디어 계단이 끝났다. 그리고 눈앞에 보이는 것은 온갖 오물의 향연이었다.

오물이 만들어내는 그로테스크한 장면에 모두 넋을 놓고 걸음을 멈췄다.

"뚫어지게 쳐다봐야 일이 해결되지 않는다. 문제가 해결될 때까지 닫힌 문은 열리지 않을 거다. 그러니 머뭇거릴 시간에 후딱 해치운다. 모두들 최대한 내 뒤를 따라오너라."

켈론의 말에 대답을 하면 오물이 입으로 들어올 것 같았는지 입을 여는 사람은 없었다. 다만 끝나지 못하면 나가지 못한다는 말에 결국 한 명씩 계단에서 내려가 하수구에 발을 내디뎠다.

"으!"

"크윽!"

왜 그러는지 했는데 스프처럼 걸쭉해 보이는 하수구에 발을 내딛는 순간 알게 됐다.

늪처럼 쑥 빠지는 발. 그 느낌은 결코 좋아할 수 없는 느낌이다. 그리고 앞 사람들이 걸어가면서 바닥의 침전물을 헤집어놓아 허리까지 오는 똥물은 그야말로 악마의 아가리처럼 끔찍했다.

다행인 점은 이곳에 마나 제어 마법진이 없다는 정도일 것이다.

"복잡하군."

이리저리 구멍들이 보이는데 미로나 진배없다. 물론 마보세로 감각을 확장하면 되었기에 문제는 없었지만 확신이 들 때까진 말할 생각이 없다.

"그렇군요."

바로 앞에 걷는 페르칸 황제는 죽을 지경인지 아무 말도 못 했다.

그때 앞서가던 켈론의 소리가 들렸다.

"이쪽으로는 절대 가지 마라. 이쪽으로 들어가면 죽은 목숨이다. 알겠나!"

이번에도 대답은 없었다. 물론 켈론은 신경 쓰지 않았다. 그저 우리에게 알리기 위한 신호에 불과했기 때문이다.

"걸음을 늦추시죠."

우리는 걸음을 늦추었고 앞에 가는 이들과 거리가 벌어졌을 때 켈론이 위험하다는 곳으로 방향을 틀었다.

"여기 불이 안 들어오는군요. 라이트!"

셋만 있다 뿐이지 조금 전에 걷던 하수구와 전혀 다를 바 없었다.

"테린 백작, 냄새 좀 어떻게 해주게. 후각이 마비될 줄 알았는데 냄새가 워낙 복잡해서인지 도무지 마비가 되지 않는군."

"예, 황제 폐하. 다만 이곳에 마나가 불안정해 간혹 끊길 수 있으니 주의하십시오."

테린이 아예 약 올리기로 작정을 한 모양이다.

"이제부터 제가 앞으로 가겠습니다."

다섯 개의 라이트를 일자로 띄엄띄엄 띄우고 앞장서서 걷기 시작했다.

"아침부터 누군가가 크게도 싸질렀군요."

걷다 보니 황금빛 똥이 둥둥 떠서 내려오고 있었다.

"정말 그렇군. 웬만하면 통과하면서 부서졌을 텐데 단단하기도 예사롭지 않은 모양이야."

"주인이 누군지 보고 싶군요."

"왜? 훌륭한 똥 쌌다고 칭찬이라도 해주려고?"

"아뇨. 똥은 집에서 싸라고요. 황궁이 똥 싸는 곳도 아닌데……."

"두 사람 제발 더러운 똥 얘기 그만하게! 안 그래도 속이 울렁거리는데 자꾸 똥! 똥! 거리나."

"죄송합니다. 똥 얘기는 그만하시죠."

"알겠네. 듣고 보니 나 역시 속이 안 좋군. 그나저나 슬슬 옷이 젖어드는 것 같네. 구해 온 옷으로 갈아입어야 하는데 적당한 장소가 없군."

테린은 아주 자연스럽게 화제를 바꿨다.

"그러게 말입니다. 마나가 불안하지 않으면 플라이트로 날아서 가면 되는데. 혹시라도 바로 바닥에 처박힐 것 같아서 그러지도 못하고……."

"그러게 말이야. 좀 스며들더라도 일단 안전한 곳을 찾아보자고."

테린과 나는 황제를 좀 더 고생시켜야겠다는 것에 암묵적으로 동의를 했다.

그나저나 30분쯤 더 가면 내궁인 것 같은데 마치 노이즈가 낀 듯하다. 마나 제어 마법진이 있는 모양이었다.

'차라리 잘됐어. 이 기회에 내궁 제어 마법진의 해법을 찾아야겠어.'

막상 위로 올라갔는데 아무것도 하지 못하면 소용없었다.

정상적으로 걸으면 황궁 입구에서 내궁까지 직선으로 40분이면 간다. 한데 워낙 꼬불꼬불 만들어진 하수구와 걷기가 힘든 바닥 때문에 두 시간이 넘게 지났음에도 도착하지 못했다.

"이제 20분만 지나면 내궁입니다. 힘을 내세요."

이제 충분히 놀린 것 같다. 몸으로 스며든 오수의 독 때문인지 얼굴에 붉은 반점까지 생겼다.

'얼른 씻겨줘야겠군. 저러다 진짜 죽겠어.'

마음에 들진 않지만 아직 죽여 버리고 싶다는 생각은 없었다.

"잠깐! 마나 반응이……."

지금까지 벽처럼 느껴졌던 곳에서 마나 반응이 생겼다. 그리고 잠시 후 '그그그'거리며 문이 열리는 소리가 들렸다.

"오수가 밀려옵니다! 버티세요!"

꽉 차면 오수를 버리는 방식인 모양이었다.

얼른 프로텍트를 둘렀다. 그리고 천근추를 이용해 몸을 고정했다.

곧 진한 갈색의 걸쭉한 오수가 들이닥쳤다.

푸왁! 퍼퍼퍼퍼퍽!

변을 처리했던 종이와 오래된 변들이 프로텍트 위를 연신 때렸다.

지금까지 그나마 괜찮았는데 그 모습을 보고 있자니 구토가 올라왔다.

결단코 용암 속을 헤맬 때보다 더 긴장했다.

똥물의 쓰나미가 지나가고 나서 뒤를 돌아봤다. 근데 테린 뿐이다.

"폐하는요?"

"…난 마법사가 아냐."

"전에 마법처럼 사용할 수 있다면서요!"

"방어막은 혼자 가능해. 몸에서 나와 펼쳐지는 건데 누굴 보호할 수 있겠어."

거짓말인지 진실인지가 중요하지 않았다. 일단 황제를 찾는 게 우선이었다.

감각을 이용해 금세 찾았다.

그는 정신을 잃었는지 50미터 뒤쯤 오수에 얼굴을 박고 둥둥 떠 있었다.

"젠장!"

더 이상 장난을 칠 수가 없었다.

투명 손을 이용해 그를 들어 올린 후 옷을 벗겼다. 그리고 물방울을 만들어 배가 빵빵해질 때까지 강제로 먹였다.

마지막으로 그의 배를 꾹 눌렀다.

우웨에에엑!

쏟아져 나오는 오물들. 입으로는 물론이고 아래에서도 뿜어져 나왔다.

"혹시 내가 저렇게 되면 살리지 말게. 정말이지 저런 꼴은 당하고 싶지 않군."

"…지금 그런 소리가 나오십니까?"

"불가항력적이었다."

"네네, 황제 폐하에게 그렇게 말하십시오."

몇 번을 반복하고 나서야 깨끗한 물이 나왔다.

그제야 사람이 들어갈 정도의 물방울을 만들어 그를 씻겼다.

"일단 쉴 수 있을 만한 곳으로 빠르게 이동하죠."

"그런 곳이 있을까?"

"안 되면 옆이든 위로든 굴을 파야죠."

우린 빠르게 내궁 밑이라 생각되는 곳으로 향했다.

*　　　*　　　*

발칸 황궁 내궁 황제의 집무실.

그랜트 황태자와 베르딘 공작이 차를 마시고 있었다.

그랜트 황태자는 차를 한 모금 마신 후 물었다.

"아버지가 수도에 있다는 말이지?"

"아마도. 방어막이 공격당하던 날부터 제국 수호단의 탐지기에 8서클 마도사 한 명과 8서클급 마스터가 감지됐으니 말일세."

"테린과 아우스라는 놈이겠군."

"맞아. 놈들이 수도의 방어막을 뚫을 줄은 정말 예상도 못

했어."

"그래봐야 우리의 손바닥 안이지."

"하하하! 그야 그렇지. 놈들이 그걸 알면 어떤 표정을 지을지 궁금하군."

제국 수호단의 탐지기는 아우스와 테린이 수도에 들어온 순간부터 감지를 하고 있었다.

"지금은 어디라던가?"

"내가 이곳으로 오기 전에 황궁의 지하로 내려갔네. 지금쯤 똥물에 수영을 하고 있을지도."

"유독 깔끔한 것을 좋아하던 아버지로서는 곤욕스럽겠군."

"그렇지. 근데 아라교는 어떻게 할 생각인가?"

"글쎄, 굳이 신경을 쓸 필요가 있을까?"

"적들을 숨겨주었으면 벌을 받아야지."

"숨겨준 것이 아니라 찾아간 것이겠지. 그리고 시민들의 움직임이 없는 걸 봐선 결국 나의 손을 들어준 것 같은데 굳이 건드릴 필요 없지."

"하수구로 내려가는 길을 안내한 건 아라교의 소행이 틀림없어."

"음, 자네는 벌을 주자는 쪽이군."

"반역자를 도왔으니까."

베르딘은 꽤 강경하게 나왔다.

"그게 아니라 아라교의 새로운 신녀에게 관심이 있는 건 아니고?"

"…설마 내가 그깟 계집 때문에 벌을 주자고 생각하는가?"

"추측일 뿐일세. 자네가 나에게 딱 두 번 여자에 대해 얘기를 했었지. 미헬라와 지금은 신녀가 된 신녀 후보를 봤을 때 말이야."

"이거야 원, 도무지 속이질 못하겠군. 하하하!"

"미헬라 일은 미안하지만 신녀는 포기하게. 제국을 온전히 손에 넣었을 때 안정시켜 줄 사람으로 아라교의 신녀가 적격이야."

"…괜찮네. 대계를 꾀하는 데 계집 따위의 거치로 우리가 언성을 높일 이유는 없지."

"이해해 줘서 고맙네. 한데 며칠 전에 벨리알이 조금 이상하다는 말은 뭔가?"

죽음의 대지에 갔다 온 후 베르딘이 한 말이 떠오른 그랜트가 물었다.

"아~ 그거. 미헬라의 이간책이었어. 굳이 자네가 신경 쓸 필요는 없을 것 같아."

"그래? 혹시 쓸데없는 짓을 하는 건 아닌지 잘 살피게. 일이 끝나고 나면 처리해야 할 인물이야. 그자는 너무 많은 걸 알고 있어."

제국 수호단이 있고 단장이 미헬라는 것도, 제국 수호단에 수도 전체를 탐지할 수 있다는 탐지기가 있다는 사실도, 그

탐지기를 무기처럼 사용할 수 있다는 것도 모두 벨리알을 통해서였다.

사실 그가 아버지를 밀어내고 제국 귀족파의 힘을 없앨 생각을 하게 된 것도 그 덕분이긴 했다.

그러다 보니 그를 내버려 두는 건 제국의 위협을 방치하는 것처럼 생각됐다.

"걱정 말게. 자네가 무기를 손에 넣는 순간 없애 버리면 될 일 아닌가, 하하하!"

탐지기를 무기화시키는 방법은 미헬라의 허락이 떨어진 후 황제가 황좌에 앉으면 된다는 것이 벨리알의 설명이다.

이미 미헬라의 허락은 떨어진 상태.

며칠 전 벨리알이 황제를 죽였다고 해서 황좌에 앉았지만 무기는 그의 소유가 되지 못했다.

"그보다는 뮤트 제국과 플린 왕국 놈들이 우선이지."

"참! 그놈들도 있었지. 무기만 얻으면 된다는 생각에 신경도 안 쓰고 있었군."

"놈들을 먼저 죽여야 자네의 숙원을 이루기도 쉽네."

신경 쓰라는 듯 그랜트의 목소리가 살짝 딱딱해졌다.

"신경을 안 썼다는 건 농담일세. 매일처럼 놈들의 일거수일투족을 보고 받고 있네. 앞으로 사흘 후면 도착할 거야."

"그런가. 그럼 그 전에 무기를 얻어야겠군."

"그래야지. 이제 그만 일어나야겠네. 플린 왕국 쪽 귀족파들이 요즘 워낙 투덜대서 말이야."

"얼마 남지 않았으니 잘 다독이게. 수고해."

베르딘은 웃으며 그러겠노라 답한 다음 집무실에서 나왔다. 그리고 내궁에서 나오는 순간 그의 얼굴은 딱딱하게 굳었다.

'빌어먹을 새끼! 나까지 팽할 생각이라는 걸 모를 줄 알아?'

그랜트 황태자의 이상을 느낀 건 전쟁이 시작한 후였다.

칸켈의 병사들은 유독 귀족파 영지를 노렸고 귀족파들은 하나둘씩 죽어나갔다.

또한 플린 왕국과 전선이 고착화된 다음부터 소규모 전투가 벌어질 때마다 조금씩 손해를 보고 있었는데 그때마다 그의 수족이라고 할 수 있는 귀족들이 하나둘씩 죽어나갔다. 그리고 그런 상황에서 자신을 대하는 그랜트의 행동이 묘하게 달라졌다.

이제는 같은 동업자가 아닌 아랫사람처럼 대하고 있었다. 그러니 모를 수가 없었다.

'네놈 뜻대로 안 될 것이다.'

그랜트에게 한 벨리알이 이상하다는 말은 죽음의 대지에서 돌아온 직후 벨리알이 옆에 있을 때 그가 들으라고 한 소리였다. 그리고 그날 밤 벨리알과 손을 잡게 되었다.

전대 황제들의 기념관에 들어선 베르딘은 4대 황제가 남긴 검 앞에 서서 주문을 중얼거렸다.

그의 몸은 사라졌고 제국 수호단으로 이동했다.

"어서 오게, 베르딘 공작. 어떻게 그랜트 황태자님과의 대화
는 즐거웠나?"

하얀 방문을 열고 나가자 벨리알이 반겼다.

"유익하다면 유익한 대화였죠."

주위에 황태자의 눈과 귀가 있었기에 말을 조심스럽게 했다.

"내 욕을 한 건 아닌지 모르겠군."

"친구의 욕을 할 만큼 의리가 없진 않습니다."

"하하하! 의리를 중요하게 여기는 이들은 나중에 크게 되는
법이지."

"당신이 원하는 바가 정말 그뿐이라면 말이오."

벨리알은 자신이 원하는 건 도우 마탑의 파멸이라고 말했다.

물론 믿지 않았다. 그럼에도 불구하고 손을 잡을 수밖에 없
었다.

지금은 군사들을 빼더라도 황제파에겐 밀리는 상황이었다.
죽지 않으려면 죽여야 했다.

"믿으시게. 아무리 내가 욕심이 많다고 해도 전부를 통제할
수는 없는 법이지. 난 공작처럼 머리 회전이 빠른 사람은 좋
아한다네."

"황제는 지금 어디 있습니까?"

"내궁 바로 밑까지 도착했다네."

"말이 사실인지 아닌지 곧 알게 되겠군요."

"핫핫핫핫! 믿게."

벨리알의 큰 웃음소리가 제국 수호단의 원형 광장을 가득
채웠다.

60장
악몽의 시작

　내궁이 시작되는 부분에 다행히 허물어져서 쉴 만한 곳이
있었다.

　페르칸 황제는 충격이 컸는지 쉽게 일어나지 못했다.

　"큭! 냄새가 정말 장난 아니군."

　테린은 불안정한 곳을 왔다 갔다 하고 있었다.

　"냄새가 그렇게 좋습니까?"

　"여긴 불안정하지만 위에서는 마나 제어 마법진이 제대로
작동될 게 아닌가. 이 마나 제어 마법진을 해제하지 못한다면
올라가 봐야 죽여달라는 것과 진배없어."

　"기사단들은 어떻게 활동합니까?"

"그들은 마법패를 들고 다닌다더군. 그마저도 하루에 세 번 교체해야 하고."

"그럼 3번 마법진이 변화한다는 얘기군요?"

"정확한 건 나도 몰라. 미헬라 황녀님에게 설명을 들었을 뿐이거든."

"일단 이쪽으로 오세요. 점심을 먹고 우회할 수 있는 방법을 찾아보죠."

"비위도 좋군. 이런 곳에서 식사를 할 생각 하다니."

"싫으면 먹지 마세요."

그러고는 육포를 꺼내 씹었다. 코를 막고 있으니 나무 막대기를 씹는지 육포를 씹는지 모르겠다.

테린은 터덜터덜 걸어오더니 옆에 앉으며 손을 내밀었다.

육포를 주자 입에 쏙 넣더니 움쩍움쩍 씹었다.

"아무 맛도 나지 않는군. 간간히 똥 맛이 느껴지는 것 같기도 하고."

"조금 전에 테린 님께 육포를 줄 때 보니 손에 오물이 묻어 있긴 했습니다."

"…우웩! 퉤퉤!"

"쩝! 식사하는데 더럽게. 그나저나 황제 폐하는 왜 이렇게 안 깨어나는지 모르겠습니다."

"충격이 컸겠지. 물 좀 만들어주게."

"물은 조금 전 드렸습니다."

"아니, 손 좀 씻게."

황제와 황녀 앞이라고 얌전하더니 황제의 눈 밖에 나자 과거의 그로 돌아오는 것 같다.

"으으~"

육포를 다 먹고 물을 마시는데 황제가 일어났다.

"괜찮으십니까?"

"여, 여기가 어디인가?"

"내궁 바로 밑입니다."

"…냄새가 살아 있다는 걸 말해주는군."

"혹시 깨어나지 못할까 코를 막지 않고 있었습니다."

"이제 깨어났으니 코 좀 막아주게. 이번엔 자네에게 부탁해도 되겠는가?"

"죽여주십시오, 황제 폐하! 마나가 불안정해 놓치다니 죽어 마땅합니다."

테린을 바라보는 황제의 얼굴은 노기로 가득했다. 당장에 목을 치고 싶겠지만 그럴 수 없으니 입술만 실룩거렸다.

"…마나가 불안정했다는데 어쩌겠나."

"용서해 주셔서 감사합니다!"

황제는 전혀 용서한 얼굴이 아니었고 테린도 별로 신경 쓰지 않는 듯했다.

"속에 있는 이물질을 빼내느라 속이 비었을 겁니다. 육포라도 드시죠."

"…됐네."

"체력을 보충하셔야 합니다. 그래야 황좌에 다시 앉지 않겠습니까?"

"…그럼 몇 개 줘보게."

육포 몇 개를 주자 잘 먹었다. 한데 한 지역에 마나 반응이 일어나며 번쩍 똥이 나타났다. 그리고 아래로 툭 떨어졌다.

아까부터 있던 반응이라 나와 테린은 문제가 없었지만 황제는 참기 힘든 모양이었다.

벌떡 일어나 구석으로 가더니 방금 전에 먹은 육포를 토했다.

결국 알아서 먹으라고 해두고 일어났다.

"코 막아드리세요. [저러다 죽습니다. 상태가 많이 안 좋으니 장난치지 마세요.] 전 마나 제어 마법진을 파악해야겠습니다."

중간에 딜리버리를 이용해 말을 더했다.

"그러게. [하여간 성격도 좋아.]"

[성격이 좋은 게 아니라 쓸모가 있어서 그런 것뿐입니다.]

테린의 마나가 움직이는 걸 느끼고 바로 마나가 불완전한 곳으로 들어갔다.

"큭!"

순간적으로 마법이 막히면서 코를 막고 있던 마나가 사라지자 살인적인 냄새가 들어왔다.

아예 무시하고 앉을 만한 공간에 자리를 잡고 앉았다. 그리고 눈을 감고 마나를 느끼기 위해 노력했다.

냄새 때문에 쉽게 집중을 하기가 힘들었지만 시간이 지나자 집중할 수 있었다.

*   *   *

마지노 영지의 재판소엔 수십 명의 사람이 모여 중앙에서 얘기하는 베트랑 공작의 말에 집중을 하고 있었다.

"…결행일은 내일입니다. 목적지는 발칸 시티에서 10킬로 정도 떨어진 황무지입니다."

드디어 수도로 침투가 이루어진다고 하자 사람들은 웅성거렸다. 대부분은 긍정적인 반응인 것에 비해 붙어 앉은 두 명의 여성만은 표정이 좋지 못했다.

왕국 안보국의 슈린 백작과 에리안이었다.

슈린 백작은 왕국 안보국으로 에리안을 끌어들인 당사자로 에리안을 무척 어여뻐했고, 에리안 역시 살갑게 대하는 그녀를 잘 따랐다.

"결국 이렇게 되었네."

슈린 백작은 에리안이 들릴 정도로만 중얼거렸다.

"…그러게요."

"아우스 경에게 더 이상의 연락은 없고?"

"네. 수정구로 연락을 해도 받지 않는 걸 보니 수도 잠입에 성공한 것 같아요. 근데 백작님께선 왜 얼굴이 좋지 않으세요. 출동에 찬성하는 거 아녔어요."

"왕명이니까. 한데 자꾸 아우스 경이 한 말들이 신경 쓰여."

"어떤 점이요?"

"모든 게. 발칸의 약점을 알려준 뮤트 제국도, 가만히 있는 발칸 제국도. 과연 우리가 침입하려는 걸 그들이 모르고 있을까?"

"그럼 막으셔야 하지 않나요?"

"의심만으로 막을 단계는 지났으니까."

말은 안 했지만 정보원들이 가져다주는 정보들 또한 이상한 점투성이였다.

마지노 영지에서 전장이 고착화되자 마치 짜기라도 한 듯 칸켈의 움직임 또한 멈춰 버렸다. 거기에 쫓고 있던 흑탑의 존재들 역시 갑자기 자취를 감추었다.

"결국 아우스의 말대로 되네요."

"아우스 경이 뭐라고 했는데?"

"별거 아니에요. 그냥 혼자 중얼거리는 걸 들었을 뿐이에요."

"말해봐. 비밀 지켜줄게."

슈린 백작은 다른 사람들이 듣지 못하도록 막을 만들었다.

잠시 망설이던 에리안이 말했다.

"결국은 흑탑의 뜻대로 될 것이라고. 그리고 만약 500만의 죽음이 발생하면 그땐 마왕이 강림하든 안 하든 죽을 거라고."

"…누굴 죽인다는 거야?"

에리안은 입을 닫았다. 그러나 슈린 백작이 눈치를 채지 못

할 만큼 바보는 아니었다.

"휴우~ 이번 일 끝나자마자 왕궁에 비상사태를 걸어야겠네."

"막지 못할 거예요."

"왜?"

"엄청 강해졌거든요."

"잠깐 들렀다고 하지 않았나? 그새 대련이라도 해본 거니?"

"아뇨. 그는 웬만큼 자신이 없으면 아예 말하지 않아요. 그런 그가 죽이겠다고 단언했어요."

"네 말이 농담이었음 좋겠구나."

"저도요. 그런 그가 위험하다고 말하고 있어요. 근데 여기 있는 이들은 들을 생각을 하지 않죠."

"어느 쪽이든 방금 한 말은 나만 아는 것으로 하자. 난 네가 위험해지는 걸 원하진 않는단다."

"백작님이기에 말한 거예요. 그리고 저 역시 이번 일을 반대하는 건 아니에요. 그저 시간을 조금 더 주자는 거죠."

"폐하의 입장에선 이대로 전쟁이 끝이 날까 두려운 거야."

"알아요. 참! 만에 하나 혹시 아우스가 찾아오면 절대 나서지 마세요."

"그러마."

슈린 백작은 에리안의 머리를 쓰다듬으며 답했다. 그러나 속마음은 달랐다.

'미안하구나. 약속은 지키지 못하겠구나. 500만에 대한 죄를 누군가가 묻는다면 나 역시 그 책임에서 자유롭지 못할 거다.'

제국에 걸린 제약을 이용한다 하더라도 결국은 500만의 인구를 죽이는 일이었다.

전체 회의가 끝나고 에리안은 다시 왕국 회의에 참석해야 했다. 왕국에서 침입에 참가할 사람을 뽑는 자리였다.

베르나켄 왕이 회의를 주관했다.

"모든 이가 찬성하는 작전이 아님을 알고 있소. 그러나 현재 상태로 국경이 정해지면 어떻게 될 것 같소. 동쪽은 바다고 북쪽은 동토의 땅이오. 그런 상황에서 서쪽을 뮤트 제국과 접하게 되고 남쪽을 발칸 제국과 접하게 된다면 우리 왕국의 미래는 없소."

"옳은 말씀입니다!"

찬성파로 최근 국왕의 오른팔처럼 행동하는 매스텅 백작이 소리쳤다.

"내일 그 미래가 정해질 것이오. 발칸 시민 500만을 죽이는 것이 아니라 4,000만 왕국민의 미래가 달린 일임을 명심하시고 반드시 성공하시오."

"예!"

전쟁을 멈추게 한다는 아우스의 말보다 전쟁을 종식시킬 수 있는 상황을 선택하는 건 베르나켄 입장에선 당연했다.

왕국민으로서 에리안 역시 베르나켄의 말에 충분히 공감했다. 그러기에 여전히 이곳에 있는 것이었다.

"내일 출전할 사람을 호명하겠소. 베트랭 공작, 타칸 후작… 마지막으로 에리안 남작, 이상 8명이오. 임무를 완수하고 꼭 살아 돌아오시오."

출전하는 이들은 한 명, 한 명 왕국의 소중한 인재들이었다. 이들을 잃게 되면 그것 또한 치명타가 될 가능성이 높았다.

"알겠습니다, 폐하!"

에리안을 포함한 여덟 명은 일제히 대답했다.

그때 슈린 백작이 일어났다.

"폐하! 출전하는 이들에 대해 드릴 말씀이 있습니다."

"하시오, 백작."

"에리안 남작은 스물두 살인데도 불구하고 7서클 마스터에 오른 인재이옵니다. 그녀를 대신해 제가 출전을 하는 건 어떻습니까?"

처음에 반대 의견을 낸 것 때문에 밉보여 참가하게 되었음을 알고 있음에 나선 것이다.

"그 생각을 안 해본 건 아니지만 수도에 있다는 아우스 경을 만나게 되면 함께 공조하라는 뜻에서 보내는 것이오."

"하지만……."

"거기까지! 나에겐 출전하는 사람 중 누구 하나 소중하지 않는 사람이 없소. 사정을 고려하기 시작하면 아무도 보낼 수 없을 거요."

"…알겠습니다."

그가 절대 마음을 바꾸지 않을 것임을 알았다.

"출전자들에겐 오늘 밤 특별히 술을 내리니 과음하지 말고 푹 쉬도록 하게."

베르나켄은 말을 마치고 돌아섰고 한 명씩 일어나 자신의 거처로 돌아갔다.

"왜 그러셨습니까?"

에리안은 회의실을 나오며 물었다.

"…괜찮으냐?"

"아무렇지도 않아요. 오히려 홀가분하답니다."

슈린 백작은 에리안의 말에 그녀가 이번 전쟁이 끝나면 떠날 거라는 걸 알 수 있었다.

"아우스 경을 따라갈 생각이구나?"

"그가 조용히 살고 싶어 하는 것 같아서요."

"그렇구나. 프링크 가는 어떻게 할 생각이냐?"

"글쎄요. 제가 떠난다고 무시하는 사람은 없을 거라 생각합니다."

"그렇겠지. 알았다. 일단 무사히 다녀오려무나."

"알겠어요. 오늘 밤 술 한잔 어떠세요. 폐하께서 주시는 거라면 좋은 술일 텐데요."

"그러자꾸나."

두 여자는 가벼운 대화를 나누며 방으로 향했다.

다음 날, 에리안은 새롭게 지급받은 경갑을 입고 문을 나서 광장으로 향했다.

수많은 기사가 그곳을 통제하고 있었다.

물론 에리안은 쉽게 들어갔다. 절반쯤 이미 와 있었고 잠시 기다리자 출전 인원 모두가 왔다.

뮤트 제국의 마도사들이 있어서인지 베르나켄 왕은 나오지 않았다.

"자, 출발하겠습니다!"

발칸 공격대의 대장인 베트랭 공작의 외침에 중앙 마법진 으로 다들 모였다.

"어라? 에리안 경도 가는 거야?"

뮤트 제국의 베네툭 백작이 의아하다는 듯 물었다.

마스터가 왜 가냐는 뜻이었다.

그가 아우스와 샹카에서 인연이 있다는 건 알고 있었고 사 흘 전 인사를 나눴었다.

"아우스와 공조할 수 있으면 하려고요."

"훗! 어이없는 핑계군. 듣자 하니 처음 이 계획을 반대했다 며? 그에 대한 보복이 분명해."

"…아니에요."

"아니긴. 우리 뮤트 제국은 젊은 인재에겐 언제든 열린 곳이 니까 오게. 아! 아우스랑 결혼하면 어차피 우리 제국 사람인가?

하하하! 백작부인이네, 백작부인. 다른 데 가지 말고 내 옆에 꼭 붙어 있어. 내가 에리안 경을 손끝 하나 다치지 않게 지켜줄게."

왕국 사람들이 그의 이죽거림을 들었지만 아무도 말을 못 했다. 그가 이곳에 온 후 그에게 맞지 않은 사람이 없었다.

"이동한다, 이동해!"

베네툭은 빛과 함께 일어나는, 아름답기까지 한 룬어의 모습에 아이처럼 소리쳤다.

스팟!

빛과 함께 도착한 곳은 흙바람이 부는 황무지였다.

"수도는 저쪽입니다. 주변 모습을 잘 기억하고 있다가 혹시 후퇴 명령이 떨어지면 이쪽으로 오면 됩니다. 자! 출발하겠습니다."

베트랭 공작이 플라이트로 날기 시작했고 모두 그를 따라 움직였다.

"넌 뛰는 거야? 인정머리 없는 놈들. 힘을 거부하지 말거라."

에리안은 뛰고 있는데 베네툭 백작의 목소리와 함께 몸이 떠오름을 느꼈다. 그리고 그와 함께 흙바람을 가르며 수도로 날아갔다.

"발칸 시티다! 모두 싸움을 대비하시오."

'아우스, 부디 무사해.'

에리안은 둥근 방어막으로 둘러싸인 발칸 시티를 보며 속으로 중얼거렸다.

　　　　　　*　　　　　*　　　　　*

　내가 뭘 하고 있었는지도 모른 채 붕 뜬 기분으로 하염없이
떠돈다. 어둠을 뚫고 날아가다 보면 점점 밝아지는데 그럴 때
마다 기분이 좋아졌다.

　그렇게 어둠을 빛으로 만들며 놀고 있다.

　여기가 어디든 상관이 없다. 원한다면 어디든 갈 수 있었고
언제든 이 공허하지만 기분 좋은 공간을 빠져나갈 수 있다는
생각에서였다.

　특히나 요즘 기분이 좋지 않았는데 여기선 기분이 나쁘다
는 감각조차 하찮게 느껴지니 좋았다.

　찌릿!

　한참 새로운 어둠을 빛으로 만들고 있는데 살기가 느껴졌다.

　분명 테린의 살기다. 진짜 죽이려는 것이 아닌 일부러 흘리
는 살기.

　테린이 떠오르자 비로소 내가 현재 어디에 있고 무얼 하고
있었는지 깨달았다.

　'이러고 있을 때가 아니구나.'

　현실로 돌아가자고 생각하는 순간 눈을 떴다.

　"언제까지 그러고 있을 거야?"

　"…얼마나 있었죠?"

　테린은 손가락 두 개를 폈다.

"두 시간에 마법진을 회피할 방법을 찾아냈다면 된 거 아닌가요?"

"이틀이야, 이 친구야."

잠깐 어딘가(?)에서 놀았는데 이틀이라니.

지금쯤 뮤트 제국과 플린 왕국의 마도사들이 도착했을 가능성도 있었다.

"아무튼 회피할 방법을 찾아냈다니 다행이군. 어떻게 해야하나?"

손을 뻗자 벽의 일부가 석판처럼 떨어져 날아왔다. 그리고 허공에 뭔가 있는 듯 마법진이 새겨졌다.

"마나의 움직임도 느껴지지 않는데 무슨 수법인가?"

"아! …의지죠."

사실 벽의 일부를 뜯어내 적당한 크기로 자른 후 마법진을 새길 생각을 했지만 그것이 순식간에 이루어질 줄은 나도 몰랐다.

아무래도 지난 이틀 동안 내 몸에 변화가 생긴 모양이었다.

9서클이 된 건가 싶었지만 딱히 비교 대상이 없으니 정확히 판단하기가 힘들었다.

"자! 여기에 마나를 살짝 흘리면 아무 이상 없이 사용할 수 있을 겁니다. 일단 너무 지체한 것 같으니 움직이죠."

"오! 효과가 있군."

불안정한 마나 상태에서 마나를 쓸 수 있게 되자 테린은 기뻐했다.

"어떻게 할 건가?"

"앞쪽은 막혀 있는 것 같으니 그냥 위로 올라가죠."

지금이라면 딱히 피할 필요도 없을 것 같다.

"하긴 어느 쪽에서 뚫고 올라가든 크게 상관없겠군."

"폐하는 제가 맡죠."

무너진 곳에서 우리를 보고 있던 페르칸 황제는 그대로 떠올라 우리 곁으로 왔다.

"이제 갈 건가? 코 좀 막아주게."

"이제 코를 막을 필요 없을 겁니다."

"……?"

"위로 올라갈 겁니다."

"지난번처럼 말인가? 업혀 있으면 되나?"

"아뇨. 보모 역할은 한 번이면 족합니다. 그냥 그대로 서 계시면 됩니다. 올라갑니다."

"이, 이보게, 뚫어야……."

팟!

텔레포트를 두고 굳이 귀찮게 뚫을 필요는 없었다.

"헉! 여긴 내궁 바로 앞이군."

"그렇습니까? 들어가시죠. 근데 훈련이 꽤 잘된 모양이군요. 기사들의 반응 속도가 빠르네요."

10여 명의 기사가 뛰어오고 있었고 조금 떨어진 곳에 20여

명의 기사 역시 우리가 있는 방향으로 뛰어왔다.

"내가 저들을 막지."

테린이 나서려 하자 황제가 막아섰다.

"나는 발칸 제국의 황제인 페르칸……."

"황궁에 침입한 자들이다! 모두 잡아라!"

"무엄하다! 내 얼굴을 보고도 모르겠느냐! 짐은 발칸 제국의……."

"반항하면 죽여도 좋다!"

"폐하의 얼굴을 제대로 알고 있는 이들이 몇 명이나 된다고 생각하시는 겁니까."

테린은 고개를 절레절레 흔들며 앞으로 나가 땅을 힘껏 밟았다.

쿠웅~

땅이 일어나며 기사들을 덮쳐 쓰러뜨렸다.

"나는… 자유의 기사 테린이다! 역모자라는 누명을 썼지만 실종되었다는 황제 폐하를 모시고 돌아왔다! 지금부터 덤비는 자는 진정한 역모로 목을 베겠다."

테린은 역용했던 얼굴을 풀었고 그의 얼굴을 모르는 자들은 없었다.

흙을 뒤집어쓰고 주저앉아 있던 기사도 뒤따라오던 기사도 움직이지 않았다.

"다시 황좌를 찾으면 얼굴을 자주 비추셔야겠습니다. 이만 가시죠."

페르칸 황제는 입을 꾹 다물고 걸었다. 그의 몸에서 피어오르는 감정은 살기였다. 그것이 테린을 향하는 것인지, 기사들을 향하는 것인지는 모르지만 말이다.

굳이 정문으로 갈 이유가 없었다. 내궁의 담을 넘어 황제의 집무실 쪽으로 향했다.

"잠깐 멈추시죠."

수십 명의 기사가 건물 곳곳에 배치되어 있었다.

"공격!"

수십 개의 다양한 마법이 다가왔다.

"디스펠!"

다가오던 마법들은 순식간에 사라졌다.

안전하다고 생각했는지 황제가 다시 나섰다. 제발 나서지 말라고 하려는데 그의 표정이 꽤 심각했다.

그는 내궁 벽에 숨어서 공격하는 기사들을 향해 외쳤다.

"황실 기사단인 너희들도 내 얼굴을 모르느냐!"

"페르칸 황제 폐하는 돌아가셨다! 네놈들이 무슨 수작을 부리는 건지 모르지만 여기서 한 발자국도……."

"테린 백작, 저들을 죽여라."

테린은 검을 꺼내 공중에 그었다.

콰콰콰콰콰콰콰콱!

간단한 휘두름이었지만 결과는 결코 간단하지 않았다. 수십 명의 기사가 숨어 있던 외곽의 벽이 거인의 손톱에 긁힌 것처럼 파였다.

살아 있는 자들은 없었다.

"그나저나 좀 이상하지 않습니까?"

"뭐가 말인가?"

잔뜩 굳은 얼굴의 황제를 대신해 테린이 물었다.

"마도사들이 아무도 안 보입니다."

주변에 8서클은커녕 7서클들도 보이지 않았다.

"그렇군. 황실 기사단에만 적어도 세 명 이상의 마도사들이 있는데."

"다들 어디에……."

쾅! 쿠웅! 쾅! 쿠웅!

폭음과 함께 수도를 막고 있는 방어막이 흐려졌다 밝아지기를 반복한다.

"…뮤트 제국과 플린 왕국의 마도사들을 막으러 갔나 보군요."

"…그런 것 같군."

나와 테린은 침중한 목소리로 중얼거렸다.

"서둘러야겠습니다."

일단은 페르칸 황제가 어떤 인간이든 이 사태를 막는 게 우선이었다.

막 집무실이 있는 건물로 들어서려는 순간 천장에 달린 수정구의 마나가 움직임이며 벨리알의 얼굴이 나타났다.

─용암의 폭발 속에도 살아남을 줄은 정말 생각도 못 했는데. 아무튼 다시 얼굴을 보니 반갑군.

"놈! 여긴 네놈이 있을 곳이 아니다."

─힘없는 전 황제는 좀 빠져. 여긴 이미 당신이 있을 자리는 없어.

"놈! 잠시 후에도……."

"쉿! 그만 말씀하십시오."

쓸데없는 말을 하려는 그의 입을 막았다. 정말이지 황제가 맞는지 싶을 정도로 어리석다.

'머리를 다치기라도… 아!'

어리석게도 이제야 세뇌됐을 가능성을 생각하다니.

황제는 꽤 오랫동안 흑탑에 있었다.

그런데 과연 저 벨리알이 가만 놔뒀을까? 황제를 죽이려 한 것까지 감안하고 한 행동이라면?

황제를 흘낏 봤다.

그제야 수상한 점들이 떠올랐다.

황제가 가지고 있던 동전, 황제답지 못한 행동.

만일 황제가 세뇌된 것이 맞는다면 벨리알은 생각보다 더 위험한 놈이다. 현재 우리가 하고 있는 행동마저 감안하고 있는 게 틀림없었다.

나름 똑똑하다고 생각하고 있었는데 벨리알이 무슨 생각을 하고 있는지 추측조차 할 수 없다.

'무슨 생각을 하고 있든 막으면 돼!'

사라져 가는 자신감을 애써 북돋았다.

"난 전혀 반갑지 않아. 내가 말한 것은 생각 좀 해봤나? 너희들은 아주 위험한 짓을 하고 있어."

─크하하핫! 생각해 봤어. 근데 내가 제어할 수 있는 수준이라는 걸 알았지.

"자신의 머리를 너무 과신하는군."

─지금까지 내 계획 중 실패한 것이 없으니까. 뭐, 사소한 건 네놈 때문에 틀어지긴 했지.

"이번에도 마찬가지야!"

─큭큭! 어설프게 도발은 그만하게. 자네에게 해줄 말은 그게 아니니까.

도발에 넘어올 놈이 아니었다.

─그래도 그렇게 매정한 사람은 아니네. 지난번에 저 멍청한 황제를 구할 기회를 줬으니 이번에도 줄까 하네. 과연 누굴까?

답을 바란 게 아닌지 수정구는 서서히 옆으로 움직였다. 그리고 유리관 속에 매달려 있는 황녀가 보였다.

"미헬라!"

─워워~ 화면은 화면일 뿐이네. 사귀는 사람이라 그런지 성격이 급하군.

"이놈!"

─쯧! 이놈이나 저놈이나 힘도 없는 놈들이 주둥아리만 살아서는. 짜증 나는데 그냥 대화를 끊을까?

"……."

테린은 아무 말도 하지 못했다.

그러나 나는 아니었다.

"그러든가. 시간 없으니까 할 말 없으면 꺼져!"

─크하하하! 역시 대화가 되는 건 아우스 자네뿐이군. 좋아, 말해주지. 미헬라 황녀가 매달려 있는 이 유리관 속에 시간마다 쇠를 녹이는 산(酸)이 차오를 거네. 꽉 찰 때까지 걸리는 시간은 3시간. 넉넉하지?

"빌어먹을 새끼! 말이 3시간이지 1시간만 지나도 죽겠군."

─아닐 걸세. 하체가 길어 죽으려면 1시간 반쯤은 걸릴 거야. 다만 30분이 넘으면 그때부턴 저 매끈한 다리가 사라지겠지만.

"숨바꼭질을 하자는 모양인데 어디에 숨겨져 있는지도 모르는데 찾을 거라 생각하나? 그냥 미헬라 황녀에게 미안하다고 전해줘."

"아우스!"

테린이 불렀지만 무시했다. 미헬라와 부모님을 포함한 500만이라면 당연히 후자다.

─설마 내가 다른 곳에 숨겨놓고 그러겠나? 황궁에 있네. 찾고 안 찾고는 알아서 하고 또 보세, 하하하!

파직!

화면이 사라지자마자 수정구를 깨버렸다.

"구하러 가실 생각입니까?"

황제를 구할 때처럼 함정인 게 분명했다. 확신을 하면서도 테린에게 물어볼 수밖에 없었다.

"당연히!"

"후우~ 뭔가를 위한 함정임에 분명합니다."

"그래도 가야 하네. 제국과 그녀를 선택해야 한다면 난 그녀를 택할 걸세."

황제가 그의 말에 인상을 썼지만 테린은 신경도 쓰지 않았다.

"확고하시네요. 알겠습니다. 둘로 나누죠."

"이해해 줘서 고맙네. 그럼 황제 폐하를……."

"제가 미헬라 황녀를 찾을 겁니다. 현재 내궁 쪽에 백작님을 막을 사람은 없습니다."

"…그래준다면 더 바랄 게 없지. 꼭 부탁하네."

"최선을 다하죠."

[혹시 황제가 허튼짓을 할 것 같으면 죽이십시오.]

[…이상한 게 있나?]

[아무래도 거슬립니다. 부탁드립니다. 금방 찾아서 합류하죠.]

[…살려서만 데려와 주게.]

살짝 고개를 끄덕이는 걸로 대답을 대신하고 말했다.

"서두르죠. 사면초가인 상황입니다."

두 사람이 들어가는 걸 본 후 감각을 확장시켰다. 이번엔 지하까지 샅샅이 뒤졌다.

'감각에 걸리지 않는 곳은 모두 다섯 곳. 그중 한 곳은 과거 미헬라와 테린이 갇혀 있던 곳. 일단 그곳부터 시작한다.'

생각이 끝남과 동시에 이동을 했다.

"누구……!"

"슬립!"

말을 끝내기도 전에 경비원들은 쓰러졌다. 달려오는 기사들이 있었지만 그들도 픽픽 넘어지곤 일어나지 못했다.

안으로 들어가 벽을 뚫고 다니면서 검사를 했고 5분이 채 걸리지 않았다.

'다음은 북서쪽의 건물.'

역시 생각과 동시에 이동이 가능했다.

텔레포트인지 블링크인지 모르겠다. 그냥 의식이 가는 곳으로 이동이 가능했다.

역시 마찬가지로 달려드는 기사들을 잠재우고 화려한 저택 안으로 들어갔다. 실내의 화려함으로 볼 때 황실 사람이 산 것처럼 보이는데 아무도 없었다.

세 번째도 마찬가지.

네 번째는 과거 황제들의 물건들을 모아둔 곳으로 아까 화면에서 본 방 같은 장소가 아예 없었다.

'결국 지하에 있는 건가?'

20분 정도 지났다. 바로 지하로 이동했다.

보초가 지키고 있는 것이 아니라 사방이 벽으로 이루어져 있었다.

무심하게 손을 위에서 아래로 내려 그었다.

쾅!

폭발음과 함께 천장에서 먼지가 수북이 떨어졌다.

커다랗게 생긴 구멍으로 들어갔다.

"하아~ 이 두더지 같은 놈. 도대체 지하는 왜 이렇게 좋아하는 거야."

잘 꾸며진 방이었다.

나가는 문이 있고 좌우로 벽이 있었다. 감각은 여전히 작동을 하지 않았다.

문이 아닌 좌측 벽을 향해 몸을 날렸다.

쾅! 쾅! 쾅! 쾅!

시계 방향으로 돌며 벽을 뚫고 지나갔다.

그리고 다섯 번째 벽을 뚫었을 때 유리관에 든 미헬라를 찾을 수 있었다.

＊　　　　＊　　　　＊

"놀라워. 정말 찾아왔군."

벨리알은 그때와 비슷한 투명 방어막 안에 앉아서 기다리고 있었다.

"사람 놀리는 게 재미있나?"

"사람 놀리는 것엔 취미 없어. 그저 너라서 재미있는 것뿐이야. 뭐랄까, 지루한 삶에 그나마 상대할 수 있는 이를 만난 기분."

"언제까지 그렇게 이죽거릴 수 있을 거라 생각하나?"

"네가 죽기 전까지? 크하하하! 그런 표정 짓지 말게. 두 번이나 얼굴을 본 사이 아닌가."

정말이지 찢어 죽여 버리고 싶을 만큼 얄미운 인간이다.

"시간이 없으니 다음에 얘기하지. 얼른 구해서 가봐야 하거든. 네가 싸놓은 똥을 치우려면 말이야."

"워워~ 서두르지 말라고. 지금 저 유리관은 나를 둘러싸고 있는 것과 똑같아. 즉! 네가 깰 수 없다는 거야. 뚜껑을 열어야 하는데 그전에 내가 손을 움직이면 아래에서 차오르는 산이 위에서 쏟아지게 될 거야. 잘하면 살릴 순 있겠지. 근데 황녀가 깨어났을 때 살고 싶을까?"

협박이라고 해도 멈출 수밖에 없었다.

'차오르는 속도를 봤을 때 아직까지 5분 정도 시간은 있어.'

놈이 바라는 건 시간인가? 아님 정말 놀리기 위함인가. 일단 장단을 맞췄다.

"…원하는 게 뭐야?"

"딴 건 아니고 우리의 정체를 얼마만큼 알고 있나 싶어서."

"별거 없어. 너희가 도우 마탑의 떨거지들이라는 정도가 다야. 재수 없게 몇 번 부딪히지 않았으면 평생 엮일 이유도 없었을 거야."

"성질을 나게 만들 요량인가 본데 어쩌지? 우린 떨거지들이 맞아. 그래서 그 떨거지들이 어떤 짓을 할 수 있는지 대륙인들에게 보여줄 생각이야. 그리고 그들이 비명을 지르는 걸 지켜볼 거야."

"대륙인들에게 뭔가를 보여줄 수 있겠지만 그들이 비명 지르는 건 못 볼 거야. 넌 그 전에 네가 소환한 존재에게 죽을 테니까."

"아직도 그 소린가? 우린 그 존재를 제어할 방법을 가지고 있다니까."

"제어할 방법이 뭔데? 아! 비밀이었지."

"한번 대화를 해봤다고 잘 아는군."

"훗! 비밀이라 해봐야 빤해. 고작 문신 따위겠지. 근데 그거 알아? 지금은 나도 문신 따윈 회피할 수 있다는 거."

"……"

내 생각이 맞았나 보다. 놈의 얼굴에 미세하지만 당황하는 얼굴이 나타났다.

"제물의 몸에 어떤 마법진을 새겼는지 모르지만 결국 8서클 수준이야. 근데 소환체가 9서클이면 과연 감당할 수 있겠어?"

계속 말을 했지만 대답은 없었다.

더 흔들어 다른 정보를 알아냈으면 좋으련만 산이 그녀의 다리에 닿기 직전이다.

난 그가 잠깐 멍해진 틈을 타 유리관의 밑 부분으로 응축된 힘을 쏘았다.

더 강해졌으니 가능할 거라는 생각에서였다.

콰직!

생각보다 너무 쉽게 부서졌다.

치이이익!

산이 부서져서 바닥에 흐르며 대리석을 녹였다.

"…놈!"

그제야 벨리알은 손을 움직여 미헬라의 머리 쪽으로 산을 흘리려 했다. 그러나 그는 멍청한 짓을 했다. 도망갔어야 했다.

그를 둘러싸고 있는 방어막이 유리관과 같은 것이라면 그의 방어막도 뚫을 수 있다는 얘기다.

유리관을 부수며 미헬라를 빼내는 동시에 놈의 심장과 머리를 향해 손을 뻗었다.

벨리알은 쉽게 당하지 않았다. 눈치를 챘는지 고개를 젖히며 어깨를 비틀었다. 방어막을 뚫고 들어간 팔은 심장이 아닌 그의 어깨를 뚫었다.

"크아아아악!"

피를 철철 흘리며 비명을 지르는 입을 향해 다시 주먹을 뻗었다. 그러나 그는 비명 소리만 남기고 사라진 후였다.

*   *   *

"…들어가시죠."

아우스가 사라지는 것을 본 테린은 결국 떨어지지 않는 걸음을 옮겨야 했다.

자신이 가는 것보다 아우스가 가는 것이 훨씬 구할 가능성이 높다는 걸 알면서도 마음은 편치 않았다.

'미헬라가 잘못되기라도 한다면 아라 님 앞에 맹세컨대 그랜트 황태자, 넌 내가 죽일 것이다.'

집무실에 들어서자 얼마 되지 않아 여러 명의 기운이 숨어 있는 게 느껴졌다.

쉬익!

테린 주위의 공기들이 압축되며 바람 소리와 함께 사방으로 튀어 나갔다.

콰직! 콰직! 콰직!

순식간에 인기척이 사라졌다. 공격해 오는 이들을 용서할 기분이 아니었다.

"이쪽일세."

"역시 정무 홀의 황좌인가 보군요?"

황궁에 황좌라고 불리는 곳은 의외로 많았다. 집무실의 자리도 심궁에서 대신들을 만나는 곳도 황좌였다.

정무 홀은 특별한 날 전체 신하들과 업무를 보는 곳으로 황궁의 가장 높은 첨탑의 바로 아래 있었는데 황제 즉위식 역시 이곳에서 이루어졌다.

"황제가 황제일 수 있는 곳이니까."

페르칸 황제의 말처럼 황제의 위상을 가장 돋보이게 하는 것이 정무 홀의 황좌였다.

"진즉에 말씀하셨으면 그쪽으로 바로 갔을 텐데 왜 말하지 않으셨습니까?"

현재 가는 길은 빙 둘러서 가는 길이었다.

"테린 경은 아우스, 그자를 믿나?"

"믿을 만한 이입니다."

"…난 믿지 않네. 그자는 황제에 대한 예의도 존경심도 전혀 없네."

"…폐하께서 많이 달라졌다는 거 아십니까?"

"아들에게 배신을 당하고 놈들에게 모진 고문을 당했네. 예전의 나와 당연히 다를 수밖에. 그러나 자네도 많이 바뀌었군."

"그렇게 보이십니까? 하긴 스스로는 느끼지 못하는 법이죠."

테린은 얘기를 하면서도 인기척을 향해 공격을 하는 걸 잊지 않았다.

"그래. 그러나 현재 내가 기댈 곳은 자네뿐 일세. 기회를 주지. 한 가지만 하게. 그럼 미헬라와의 관계 역시 인정하겠네."

"그랜트 황태자의 처분입니까?"

"그건 내가 할 걸세. 자넨 아우스, 그자를 죽이게. 그럼 자넨 미헬라를 가짐과 동시에 발칸 제국의 대공이 될 걸세."

"…매력적인 제안이군요."

매력적이란 표현을 했지만 말과 반대로 아우스와 헤어질 때부터 복잡했던 그의 표정이 확실해졌다.

'폐하, 지금 그 말씀은 하지 말았어야 합니다. 아우스가 왜 당신을 죽이라고 했는지 확실히 알겠군요.'

아우스에게 한 번씩은 목숨을 구제받았다. 그리고 발칸의 재앙을 막기 위해 고전분투하고 있는 그를 죽이라니, 제정신이 아니게 분명했다.

테린이 어떤 마음을 먹었는지도 모른 채 페르칸 황제는 부지런히 정무 홀로 향했다.

어느 정도 가자 더 이상 막는 기사단도 없었다.

"하하하! 드디어 여기까지 왔군."

페르칸 황제의 얼굴이 활짝 펴졌다. 그리고 정무 홀의 기둥처럼 생긴 등받이가 우뚝 솟은 황좌로 뛰어갔다.

테린은 텅 비어 있는 거대한 정무 홀의 분위기에 묘한 위화감을 느꼈다.

'지금까지 막다가 정작 정무 홀에는 아무도 없다?'

아무리 뮤트 제국이 쳐들어왔다고 해도 황궁에 마도사급이 한 명도 없다는 것은 아무래도 부자연스러웠다. 그것까지는 백번 이해한다고 해도 내궁의 중심이라고 할 수 있는 정무 홀에 아무도 없다는 도무지 납득이 되지 않았다.

"폐하! 일단 자리에 앉지 마십시오! 아무래도 수상합니다."

큰 소리를 외치며 황좌에 앉으려는 그를 막으려 했지만 갑자기 나타난 거대한 힘이 그를 밀어냈다.

"큭! 무슨……!"

뒤로 날아가는 몸을 바로 잡고 앞을 보니 어느새 8서클 마도사 네 명이 나타나 있었다.

세 명이 한 명을 보호하듯 서 있었는데 가운데 서 있는 이는 그랜트 황태자였다.

"그랜트 황태자… 무슨 짓이냐?"

"아들로서 아버지에게 마지막 효도를 하는 거라네, 테린 백작. 그러니 방해 말게."

"효도?"

"지켜보게. 잠깐이면 되니까."

다시 물으려고 했지만 그보다 페르칸 황제의 광소가 먼저 터졌다.

"크하하하핫! 드디어 다시 이 자리에 앉았다."

그랜트 황태자는 뚜벅뚜벅 걸어가 고개를 숙였다.

"감축드리옵니다, 황제 폐하!"

"그랜트, 네 이놈! 뻔뻔하게 이제 와서 애비에게 고개를 숙이는 것이냐."

"황좌에 앉게 되었는데 당연히 머리를 조아려야죠."

"하하하! 말해주지 않았건만 이 황좌의 의미를 알고 있나 보구나."

"우연히 알게 되었습니다. 발칸의 궁극적인 무기를 움직일 수 있다고 들었는데 맞습니까?"

"맞다! 네가 황제에 앉을 때 비로소 가르쳐 주려 했건만…….
불과 그 몇 년을 기다리는 게 그렇게 힘들었단 말이냐?"

"모든 게 시기라는 것이 있는 법입니다. 올해 발칸 제국을 두 배로 넓힐 수 있는데 어찌 가만히 있겠습니까? 게다가 귀족파도 모조리 쓸어버릴 수 있습니다. 과연 아버지라면 가만히 있으셨겠습니까?"

"큼! 그게 이 아비를 폐위시키고 감옥에 넣을 만큼 중요했느냐."

등을 꼿꼿이 세우고 앉아 있던 황제는 답답한지 목 부근을 만지며 황좌에 기댔다.

"중요했지만 이젠 아버지께서 돌아오셨으니 모든 게 끝 아니겠습니까?"

"…순순히 항복을 하고, 큼큼! 벌을 달게 받겠다는… 뜻이냐?"

"그렇습니다."

"…이 어리석은 아들아, 음… 왜 이렇게 눈이 무겁지? 크음! 아무튼 그냥 넘어갈 수가 없다. 황실의 지하 감옥에……"

"명을 받들겠습니다. 잠깐 쉬십시오. 전 지하 감옥에 들어

가겠습니다."

"…그, 그… 래."

테린은 똑똑히 볼 수 있었다.

페르칸 황제가 급격하게 늙어가고 있음을.

"의자에서 내려오십시오, 황제 폐하! 당장!"

소리를 질렀지만 소용이 없었다. 황제는 그대로 눈을 감았다.

"편히 쉬십시오, 아버지. 워낙 오랜 시간 동안 구전으로 전해져서인지 잊고 계신 게 있으시군요. 활성화된 황좌의 권한을 얻기 위해선 황제의 피가 필요합니다."

그랜트 황태자는 이미 죽은 황제에게 고개를 숙인 후 검을 빼 들어 그의 가슴을 찔렀다.

죽은 황제에게서 흘러나온 피가 황좌를 적셨다. 그리고 그 순간 '우우웅!' 황좌가 울더니 빛을 뿜어냈다.

그 빛은 등받이를 타고 올랐고 첨탑의 끝까지 올라갔다.

"드디어… 궁극의 병기를 손에 넣는구나."

"그랜트! 도대체 지금 무슨 짓을 하고 있는 거냐!"

"아! 자네가 있었군. 별거 아냐. 황실에 내려오는 무기를 쓰려는 것뿐이야. 그러기 위해서 필요한 것이 제국 수호단 단장의 승인과 황제의 죽음과 피. 내 피였다면 이렇게까지 안 했을 텐데."

"네가 어디서 그런 말을 들었는지 모르지만 그건 잘못된 정보야. 대마도사 피트가 8서클을 제약하기 위해 만든 무기야.

모르겠나? 전대 황제 폐하들과 황녀들은 다 8서클 마도사였어. 만일 그들이 마도사들을 양성해 이웃 나라에 쳐들어가면 어떻게 되겠나? 그걸 막기 위해 만들어놓은 제약이라고."

"……."

"8서클 마도사가 일정 수 이상 수도를 빠져나가면 황제의 피도, 미헬라 황녀의 승인도 필요 없이 자동으로 작동되는 괴물이라고!"

"…하하! 어디서 무슨 말을 들었는지 내가 그 말을 믿을 거라고 생각하나?"

"지금 외성 밖에 있는 뮤트 제국과 플린 왕국의 마도사들이 왜 왔다고 생각하는 거야? 뮤트 제국에도 우리 제국과 마찬가지 제약이 걸려 있어. 그것을 뮤트 제국 황제가 플린 왕국에 가르쳐 주고 부추긴 거고."

그랜트 황태자의 눈동자가 흔들렸다.

그는 뭔가 다르게 생각하고 있는 게 분명했다.

설득이 가능할 거라 생각이 퍼뜩 들었다. 그래서 얼른 말을 이으려고 했는데 황태자가 먼저 말했다.

"아버지 역시 그 사실을 알았을 텐데 왜 여기에 앉았지? 그건 어떻게 설명할 텐가?"

"폐하는 제정신이 아니었어. 설마, 혹탑에서 가만히 놔뒀으리라고 생각하나?"

테린의 예상대로 그랜트 황태자의 머리는 혼란스러웠다.

벨리알의 말을 곧이곧대로 들은 적은 없었다. 앞뒤를 따졌고 그에 필요한 부분만 취해서 행동했다.

그런데 테린의 말을 들으니 그동안 애써 무시했던 조각이 맞춰지면서 과연 지금하고 있는 일이 맞는지 의심이 들었다.

하지만 의심을 파헤치고 잘못을 돌리려는 것이 아니라 묘한 오기가 치솟았다.

'내가, 나 그랜트가 놈에게 놀아났다고? 그럴 리가 없어! 지금까지 완벽했는데 고작 저깟 놈의 말에 흔들려서야 말이 안 되지.'

그리고 그 오기는 테린이 헛소리로 자신을 혼란스럽게 한다는 결론을 내리게 만들었다.

"테린 백작, 자네가 아는 게 전부라고 생각 말게."

테린은 그가 자존심 때문에 인정을 못 하고 있음을 눈치챘다.

"이 미친 새끼! 너의 그 알량한 자존심이 500만의 제국민보다 더 중요하냐? 나라도 널 막겠다."

검을 뽑고 그랜트를 향해 몸을 날렸다.

"황제 폐하를 시해한 테린 백작을 추살하라!"

"개자식! 시치미에 이어 누명이냐!"

테린은 검을 휘둘렀다.

막대한 마나가 그랜트에게 날아갔다.

쿠아앙!

그러나 폭음만 요란할 뿐 마나는 순식간에 사라졌다. 세 명의 마도사가 품(品) 자형을 이루고 무력화시킨 후 달려들었다.

그랜트 황태자는 테린을 무시하고 황제의 주검을 황좌에서 치웠다.

"테린, 직접 확인해 봐라. 과연 네 말이 맞는지."

"안 돼! 이 빌어먹을 자식… 이익!"

세 명의 마도사를 뚫기는커녕 형편없이 밀렸다.

"하하하! 짐이 이제부터 발칸 제국의 황제……."

콰앙!

황좌에 앉으려던 그랜트는 뭔가에 맞고 형편없이 나뒹굴었다.

"크윽! 웬 놈이냐!"

"나? 멍청한 네놈 때문에 개고생한 사람."

정신을 차리고 있지 못한 미헬라를 공중에 띄운 채 아우스가 나타났다.

＊　　　＊　　　＊

파악!

빛과 함께 제국 수호단의 이동 통로인 하얀 방에 어깨에서 피를 줄줄 흘리는 벨리알이 나타났다.

"크으윽! 피트의 아티펙트를 깨뜨리다니. 리커버리!"

마나가 모여 어깨로 스며들었고 구멍 난 어깨는 서서히 원

상태로 돌아갔다. 그러나 상처가 워낙 커서 다시 한 번 리커버리를 해야 했다.

"헉헉! 설마 놈이 9서클이라도 되었다는 거냐?"

벨리알은 다 나았지만 어깨가 부서지는 느낌이 남아 있는지 거친 숨을 내쉬며 중얼거렸다.

피트의 아티펙트는 8서클 이하의 공격을 막을 수 있는 방어막을 만들고 생각하는 위치로 텔레포트시켜 주는 장비였다.

마나의 한계 때문에 횟수는 정해져 있지만 다시 충전을 하면 영구히 쓸 수 있었다. 한데 그 장비가 아우스의 공격에 부서져 버렸다.

"…믿을 수가 없군."

만일 진짜 9서클이라면 마왕을 소환해도 힘을 찾기 전에 역소환될 가능성이 있었다.

으득!

"아닐 거야. 놈이 9서클이었다면 내가 벗어날 수 없었을 거야. 일단 소환이 우선이다."

나름 판단을 내리고 나자 두근거리는 심장이 조금 진정됐다.

하얀 방을 나선 뒤 통제실로 들어갔다.

"괜찮으십니까?"

엉망이 된 벨리알의 옷을 보고 사 장로가 물었다.

"괜찮아. 어떻게 되어가나?"

"정무 홀 황좌의 두 번째 방어 체계가 사라졌습니다."

"황제에게 세뇌를 걸어놓길 잘했군."

"그렇습니다."

최근 마법진을 분석해 알아낸 바에 의하면 재앙이 될 무기의 첫 번째 방어 체계는 제국 수호단인 미헬라의 죽음, 혹은 해제 명령으로 풀 수 있었고, 두 번째 방어 체계는 황제의 죽음이었다. 그리고 마지막 방어 체계는 문신을 물려받은 황태자의 죽음이었다.

본래 황실 사람들이 물려받았던 피트의 문신은 애초에 발칸 제국을 보호하기 위한 조처였다.

혹시 반역자들이 황실의 대를 끊으면 재앙의 무기가 발동하게 되어 있었던 것이다.

한데 벨리알은 그것을 마왕을 소환하기 위해 사용하고 있었다.

"마도사들은?"

"뮤트 제국, 플린 왕국 놈들과 대치 중에 있습니다."

"언제든 공격할 준비를 하라고 해두게."

"방어막을 풀면 바로 외성을 벗어나 싸우라고 일러뒀습니다. 발칸의 마도사들은 제대로 알지도 못하고 같이 행동할 겁니다."

"드디어 우리 흑탑의 숙원이 이루어지겠군."

"그렇습니다. 축하드립니다!"

"축하는 소환체를 우리 손에 넣고 서대륙의 황가와 왕가에 원한을 갚고 나서 받도록 하지."

도우 마탑의 분열로 인해 쫓겨나게 된 지미와 그 추종자들은 각 황가와 왕가를 돌며 피트의 유산 중 상단전 마법을 공개하는 조건으로 몸을 의탁하려 했다.

한데 8서클을 은밀하게 가지고 있던 그들로서는 그들이 필요 없었다. 오히려 그들이 가진 것을 뺏으려고 했다.

의탁하려던 제국과 왕국에서 오히려 공격을 당해 살아남은 이들은 고작 30명 남짓. 그들을 이끄는 지미마저 그들의 공격을 막느라 목숨을 잃었다.

그에 살아남은 자들이 향한 곳은 칸켈 지역. 그것도 죽음의 대지였다.

작은 마을에 불과했던 그곳을 차지한 그들은 실력을 키우기 위해 노력했다. 그리고 노력 덕분인지 마루의 유산에서 문신 마법에 대한 것을 얻었다.

또한 피트의 책과 유산을 분석하던 와중에 얼음 성의 위치와 소환 마법에 대해서도 알게 되었다.

그 다음부터 착실하게 복수를 위한 준비를 이어갔고 결국 오늘에 이른 것이다.

"제물은 잘 놔뒀겠지?"

"정신을 잃게 한 후 현재 문신 작업을 마치고 안전한 곳에 뒀습니다."

"지난번처럼 되어선 곤란해."

"걱정 마십시오. 어차피 무기가 작동되고 나면 주변에 아무도 없을 터. 근처에서 아무리 찾아도 그만한 몸을 찾진 못할 겁니다."

"흐흐! 원하는 왕국은 얻지 못하겠지만 거대한 힘을 얻게 되는 것이니 놈도 만족하겠지."

제물로 8서클 마도사를 준비해 놨으니 소환된 이가 마왕이든 신이든 만족할 것이다.

"그나저나 욕심 많은 황태자라면 지금쯤 황좌에 앉았을 텐데 소식은 없나?"

"예, 반응이 없습니다."

사실 무기를 활성화시키는 건 마도사들을 외성 밖으로 내보내는 것만으로도 충분했다. 그러나 어둠의 마나가 많을수록 강력한 존재가 소환될 터.

황태자의 몸에 있는 에너지를 뽑아내면 외성뿐만 아니라 외성 밖까지도 단번에 처리가 가능했다.

실패했을 때를 대비해 또 다른 준비까지 해뒀지만 가장 편한 방법은 황태자가 황좌에 앉는 것이다.

그랜트 황태자는 의자에 앉으면 무기를 다룰 수 있을 거라 생각하지만 그건 착각이었다.

그저 무기의 에너지가 될 뿐이다.

"화면을 열어라. 뭘 하고 있는지 봐야겠다."

사 장로는 수정구를 그의 앞에 놓고 마나를 주입해 정무 홀과 연결시켰다.

으득!

"저놈이 언제 저곳에!"

높은 곳에서 비추는 것이라 사람이 엄지손가락만 하게 보였지만 누구인지 단번에 알아봤다.

아우스였다.

번번이 일을 방해한 놈임을 알고 절망감이나 안겨주기 위해 황제와 미헬라를 미끼로 내걸었다. 한데 그마저도 이겨내고 자신에게 상처까지 입힌 놈이라 보는 순간 이가 갈렸다.

"아무래도 그랜트가 황좌에 앉긴 힘들 것 같군요."

사 장로가 벨리알의 눈치를 보곤 조심스럽게 말했다.

"내가 봐도 그렇군."

"차선책을 지금 발동시킬까요?"

"그렇게 하도… 잠깐! 놈의 일그러지는 모습을 꼭 보고 싶군."

"…알겠습니다. 신호를 주시면 바로 실행되도록 해두겠습니다."

사 장로는 벨리알이 쓸데없는 오기를 부린다고 생각했지만 명령에 따를 수밖에 없었다.

*   *   *

이동하자마자 화려한 황좌에 앉으려는 그랜트 황태자를 발견했다.

마나와는 다른 빛으로 번쩍이는 모습과 잔뜩 뿌려진 피, 거기에 미라처럼 말라 죽어 있는 페르칸 황제.

생각할 겨를도 없이 그를 한쪽 구석으로 날려 버렸다.

"크윽! 웬 놈이냐!"

"나? 멍청한 네놈 때문에 개고생한 사람."

"감히!"

"감히? 감히?"

퍽! 쿵! 퍽! 콰직!

투명 손이 일어나려는 그를 내려쳤다.

단 두 방에 그는 대리석 바닥 아래에 얼굴을 처박았다. 하지만 그게 끝이 아니었다. 투명 손은 사정을 봐주지 않고 그를 계속 때렸다.

보호를 한다고 프로텍트를 걸었지만 개의치 않았다.

"고기처럼 찢어서 오크에게 던져주고 싶은 마음이 굴뚝같아, 이 빌어먹을 자식아!"

그랜트 황태자는 방어하느라 대답도 제대로 하지 못했다.

"이놈! 황태자 전하께 무례를 저지르다니!"

테린을 공격하던 세 명의 마도사가 방향을 틀어 날아왔다.

"쯧! 너희들도 마찬가지야. 황태자가 멍청하면 네놈들이라도 충언으로 막았어야지."

세 명은 공중에서 그대로 멈췄다.

"헉! 이 무슨… 사이한 술수냐!"

"너희보다 내가 더 강하다는 것뿐이다."

검집에서 검이 빠져나와 멈춰 있는 세 명에게 날아가 양어깨와 허벅지, 하단전과 중단전을 뚫었고, 그들은 마치 박제된 동물처럼 벽에 박혔다.

"너희도 운 좋은 줄 알아. 이 도시에 마도사가 필요해서 살려주는 거야."

잠깐 세 명에게 신경 쓰는 사이, 그랜트 황태자가 구덩이에서 빠져나왔다. 그는 악마처럼 인상을 쓰고 있었다.

"이 오크만도 못한 놈이! 죽어라! 썬더 볼트!"

그의 양손에서 시작된 전기가 빠르게 다가왔다.

"디스펠! 멍청하긴. 8서클인데 어떻게 7서클보다 실력이 떨어지는지."

쫘악!

공중에 떠 있던 그랜트 황태자는 투명 손에 귀싸대기를 맞고 빙글빙글 몇 바퀴 돈 후 바닥에 쓰러졌다.

"네 고모 덕분에 이 정도로 끝내는 줄 알아."

예전 7서클 마법서를 받으면서 했던 약속 때문에 당장 오체분시 해버리고 싶은 놈을 살려둘 수밖에 없었다.

"다음에 보면 그땐 약속이고 뭐고 죽여 버리겠다. 퉤엣! 오크 똥보다 못한 새끼."

뇌가 흔들렸는지 바닥에 누워 꿈틀대는 그를 향해 침을 뱉고 돌아섰다.

"…정말 살려둘 생각인가? 자신의 아버지인 페르칸 황제를 죽인 버러지 같은 놈이야."

미헬라를 품에 안고 있는 테린이 말했다.

"테린 백작님이 죽이는 건 말리지 않겠습니다."

"그런가. 미헬라를 맡아주게."

테린은 미헬라를 넘긴 후, 검을 뽑아 그랜트 황태자에게 다가갔다.

"…테린 백작… 크아악!"

테린은 다짜고짜 그의 어깨를 베어버렸다.

"감히! 감히……! 네까짓 놈이… 아악!"

이번엔 발목이었다.

"제국과 제국민이 있어야 네놈도 황태자라 거들먹거리며 살 수 있는 거다. 발칸 시민을 모두 죽이고 황제 놀이라도 할 생각이었나?"

"테, 테린 경, 아, 아니, 테린 백작! 자네가 잘못 알고 있는 거야. 난 제국을 망하게 하려는 게 아냐. 대륙을 전부를 호령하는… 크윽!"

테린의 검이 그의 단전에 꽂혔다.

"닥쳐라! 멍청한 것이 욕심까지 많구나. 한 번만 더 제국을 위해서라고 말하면 그땐 목을 벨……"

—쯧! 언제 죽이나 지켜보고 있는데 기다리는 사람도 생각 좀 해달라고.

갑자기 벨리알의 얼굴이 커다랗게 나타났다.

"…무, 무슨 소릴 하는 거냐, 벨리알!"

—8서클 마도사라는 작자가 고작 그 정도라니. 넌 입 닥치고 있어. 난 테린 백작과 얘기하고 싶거든.

"이… 이 개자식!"

—어이~ 테린 백작, 그 버릇없는 꼬맹이 얼른 죽여 버려. 그래야 내가 좀 편하지.

미헬라의 치료를 마치고 내가 나섰다.

"이번엔 또 무슨 속셈이냐, 벨리알."

—오호~ 아우스, 아까의 선물은 제법 따끔하더군.

"선물이 아직 많이 남았는데 이쪽으로 와서 받아가. 아님 위치를 말해주면 내가 찾아가지."

—하하! 사양하네. 솔직히 조금 아프더군. 그래서 이번엔 내가 널 아프게 해주려고.

"능력이 된다면."

—가능할 거야. 그러려면 그랜트 저 벌거숭이 같은 놈을 죽여야 하는데 도와주겠나? 저놈이 죽으면 무기가 자동으로 작동한다네.

벨리알의 말에 그랜트를 죽일 작정이던 테린이 멈칫하며 돌아보았다.

"정말 지겨운 놈이군. 무엇을 바라던 네놈의 말은 절대 듣지 않을 것이다."

―하하하! 도와줄 생각이 없는 모양이군. 어쩔 수 없지. 그럼 다른 방법을 쓸 수밖에. 시작하게.

"벨리알!"

난 그가 마도사들을 밖으로 내보내려 하고 있음을 깨닫고 소리쳤다.

―그래, 네놈의 그런 표정을 보고 싶었어. 자! 이번에도 막아보게. 막으면 패배를 인정하지.

장난이 아니었다. 외성과 내성을 막고 있던 방어막이 사라졌다.

"테린 백작님! 지금 그깟 놈을 신경 쓸 겨를이 없습니다. 방어막이 사라졌으니 미헬라 황녀와 함께 최대한 빨리 수도를 벗어나세요!"

무기가 작동한다면 그와 미헬라에게 신경 쓸 시간이 없었다.

"자네 부모님은?"

"일단 제가……."

우우우우우우웅!

정무 홀 전체의 벽이 빛났다. 그리고 위에서 뭔가가 섬뜩한 울음을 토해냈다.

'막을 수 있을까?'

육감이 얼른 도망가라고 말했다.

내가 주춤거리자 테린이 말했다.

"나와 미헬라가 데리고 가겠네."

"부탁드리겠습니다. 최대한 먼 곳으로 가십시오. 이동시켜 드리죠."

테린과 미헬라를 아라교 신전 앞쪽으로 이동시켰다. 그리고 나는 곧바로 첨탑으로 올라갔다.

첨탑 끝이 여러 조각으로 서서히 갈라지고 있었다.

보는 것만으로도 불안감이 극에 달해 심장은 터질 듯이 두근댔다. 머리는 계속해서 도망치지 않으면 죽을 거라고 말하고 있었는데 입에선 전혀 엉뚱한 말이 나왔다.

"…얼마나 튼튼한지 보자."

말이 끝남과 동시에 어마어마한 마나가 모여들어 그대로 터졌다.

쾅! 쿠웅!

황궁 일대가 흔들릴 정도로 강한 충격파가 일어났다.

"피트, 이 망할 새끼! 이딴 걸 만들어놓다니."

꿈쩍도 하지 않았다.

이번엔 투명 손으로 뚜껑을 닫으려 했다. 마나가 쭉쭉 닳을 정도로 힘을 쓰니 겨우 늦출 수 있을 뿐이었다.

'조금만 더! 조금만 더!'

의지는 주변의 마나를 모았고 마나는 더 큰 힘을 주었다.

벌어지던 뚜껑이 서서히 다시 닫혔다.

'됐어! 막을 수…….'

"크윽!"

갑자기 뚜껑에 거대한 힘이 전달됐다. 그리고 점점 내려왔다. 아무리 의지를 발해도 막을 수 없었다.

"도대체 갑자기 왜……?"

의문을 표하는 순간, 감각이 확장되어 첨탑 밑의 상황을 느낄 수 있었다.

"그랜트, 이 오크 똥구멍에서 머리 박아 죽일 새끼!"

*　　*　　*

"하하하! 내가 발칸의 황제 그랜트다! 하… 하하!"

그랜트 황태자는 페르칸 황제가 그랬듯이 점점 생기를 잃고 죽어가면서도 황좌에 앉아서 미친 듯이 웃고 있었다.

그리고 마침내 재앙의 무기가 모습을 드러냈다.

『아우스:마도 시대의 시작』 10권에 계속…

초대형 24시 만화방

신간 100%, 샤워실, 흡연실, 수면실(침대석), 커플석, 세탁기 완비

■ 광명 광명사거리역점 ■

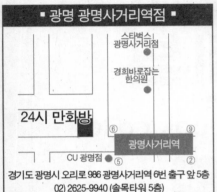

경기도 광명시 오리로 986 광명사거리역 6번 출구 앞 5층
02) 2625-9940 (솔목타워 5층)

■ 강북 노원역점 ■

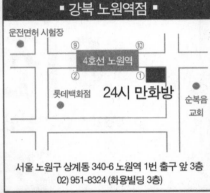

서울 노원구 상계동 340-6 노원역 1번 출구 앞 3층
02) 951-8324 (화용빌딩 3층)

■ 일산 정발산역점 ■

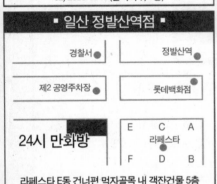

라페스타 E동 건너편 먹자골목 내 객잔건물 5층
031) 914-1957

■ 일산 화정역점 ■

경기도 고양시 덕양구 화정동 984번지 서일빌딩 7층
031) 979-4874 (서일사우나 건물 7층)

■ 부천 역곡역점 ■

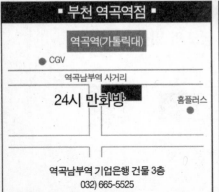

역곡남부역 기업은행 건물 3층
032) 665-5525

■ 부평역점 ■

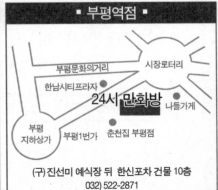

(구) 진선미 예식장 뒤 한신포차 건물 10층
032) 522-2871